必死に声をおし殺そうとしているのに、後ろの粘膜に注ぎこまれた液体のせいで躰がおかしいほど昂り、自分で止めることができなくなっている。
彼の指が増やされ、内部の肉壁をぐちゅぐちゅに捏ねられていく。
「気持ちよさそうだな。どこも彼処も。伯爵家の人間が何と情けない」

illustration YOU TAKASHIN

うたかたの愛は、海の彼方へ

華藤えれな

ELENA KATOH presents

KAIOHSHA ガッシュ文庫

イラスト★高階 佑

CONTENTS

★本作品の内容はすべてフィクションです。
実在の人物・地名・団体・事件などとは一切関係ありません。

さわやかな朝の光を浴び、エメラルドグリーンの海がきらきらと煌《きら》めく季節になると、ここ——水の都ベネツィアの人々は春の訪れを実感する。

けれど美しい海を見据えるように建った元首宮殿《パラッツォ・ドゥカーレ》の広間には、春のうららかさとは無縁の緊迫した空気が流れていた。


「……わかった。では、そちらの条件を言ってくれ」

静かだが、よく通る声が広間に響き渡る。

声の主は、二十代半ばの青年——レオーネ・ディ・フォスカリ。

ベネツィアの大貴族の次男にして、海軍の勇将として名を馳《は》せている軍人だ。

あざやかな翠玉色《すいぎょくしょく》の眸《ひとみ》と上品な鼻梁《びりょう》。わずかに日焼けした肌に、襟足でそろえられた癖のない金髪。

窓からの潮風が鼻腔《びこう》を撫《な》でるたび、長めの前髪がさらさらと靡《なび》いていく。すらりとした体躯《たいく》を白と青の上質の装束で包んだレオーネの姿からは、見た目の美しさや上品さだけでなく、海軍士官としての鋭さや隙《すき》のなさがにじみでている。

彼の背後にはベネツィア共和国国会の面々。そして視線の先には、頭に白いターバンを巻き、濃紺色のトルコ装束を纏《まと》った二十代後半の青年。

「レオーネどの、私の条件はひとつだけです」

低く、厚みのある男の声。彼は敵国オスマン・トルコ帝国から派遣されてきた特使である。数年前までレオーネの従者をつとめていた男だが、今はトルコの特使としてベネツィアを訪れていた。

「ひとつ？　どういうことだ？」

はっきり口にしろ――と強い調子で問いかけると、彼の背後に控えていた部下たちが後ずさる。高圧的に振るまっているつもりはないが、他人を圧するなにかをそなえているのか、戦場でもこのようにされることが多かった。

「私はただあなたに誠意を示してもらいたいだけです」

礼を尽くした言葉や態度。慇懃無礼《いんぎんぶれい》なほどの。しかし声音の端々に感じられる冷ややかな気配から、こちらへのあからさまな敵意を感じる。

――誠意……か。

レオーネは口元を歪《ゆが》めて苦笑し、特使を睥睨《へいげい》した。

猛々《たけだけ》しさを孕《はら》ませた黒い双眸《そうぼう》。褐色の肌、くっきりと通った鼻筋。尊大な印象を与える大柄な体躯、それに左頬に刻まれている刃物の傷痕。風が吹くたび、ターバンからこぼれた癖のない黒髪が彼の傷痕へと落ちていく。

野性味に満ちた荒々しさと大人の男性としての濃艶《のうえん》さを雑居させた風貌《ふうぼう》は、海のむこう――アフリカの地を徘徊《はいかい》する大型の黒い豹《ひょう》のようだ。かつてレオーネの従者だった頃とは空気が違う。

「要するに、この首を引き渡せばいいわけだな」

腰に手を当てて、レオーネは覚悟を決めて問いかけた。

ベネツィアを象徴する『黄金の獅子《レオーニ・ドラティ》』――――。まさにその獅子《しし》の如《ごと》き海軍将校として名を馳せてきたレオーネの首には多額の懸賞金がかけられている。和平の条件に、彼らがそれを求めたとしても不思議はない。

「いえ、私が欲しいのは……」

特使は腕を組み、口元に意味深な笑みを浮かべる。

「生きたあなた自身です」

「私にオスマン・トルコの奴隷になれと言うのか」

「いえ、あなたを私の主人――スルタンへの捧《ささ》げものにするのです」

「……何だと」

広間がどよめきに揺れる。

「我が主人は、あなたのような出自のよい金髪の美青年が好みです。ましてやこれまで我がトルコ軍を苦しめてきた将校となれば……世にも稀《まれ》な逸品としてお喜びになることでしょう」

「……っ！」

唇がわななきそうになったが、すぐに息を吸いこみ、レオーネはきわめて静かな口調で尋ねた。

「私に……性の慰みものに……スルタンのハレムの一員にでもなれと申しているのか」

「――ええ」

男は口元に冷ややかな笑みを浮かべる。こちらの反応を楽しむような。

なぜこんな場所で、こんなにもあからさまに辱めを受けなければならないのか。

背後に佇《たたず》んでいる共和国国会のメンバーらの視線が一斉に背中に注がれるのを感じながら、レオーネは怒りと屈辱に全身が震えそうになるのを必死にこらえた。

「何というひどいことを。よくもそのようなことを……」

あのことを恨んでいるのか？　それとも、ただ純粋に臣下としてスルタンに忠誠を誓っているだけなのか。

「ひどい？　心外ですね。私は両国の和平のために動いているだけなのに」

男は冷徹にレオーネを見据えた。

眼差《まなざ》しに腹の底まで切り裂かれるような錯覚を覚える。それは敵国の特使として揺らぎでている尊大さに圧倒されたからではない。彼の眸に秘められた負の情念――不吉なまでに濃密な冥《くら》さへの畏怖《いふ》からくる戦慄《せんりつ》だった。

「レオーネどの、あなたを私の主人への捧げものにします」

悪魔がいる――そう思った。

ここにいるのは、かつて自分に忠実に仕えていた従者ではない。

彼の姿を借りただけの悪魔だ。そうとでも考えなければ、これが現実だとは思えない。

――幼いときから、何度も命がけで私を護ってくれたのに。私を永遠に護り続けると誓ってくれたのに。どうしてこんなことに――。

「今夜からこの手で、あなたをスルタンへの捧げものにふさわしい男娼に仕立てあげます。地位も財産も捨て、その身ひとつで私のもとにくるんだ」

慇懃さを捨て、男は威圧的に命じてきた。

その瞬間、ベネツィア一美しく凛々《りり》しい海軍将校とうたわれてきたレオーネの人生は地獄に堕《お》ちたも同然となった。

サン・マルコ広場の鐘楼から、優雅に響きわたる鐘の音。

窓の外には、あざやかな陽射しを受けて煌めくベネツィアの海。

エメラルドグリーンの海は、嵐のように揺れるレオーネの心とは対照的に、ただ静かな海原を広げていた。

Ⅰ　謝肉祭―IL CARNAVALE―

オスマン・トルコ帝国の悪魔のような特使――彼がやってくる一カ月前、レオーネは海戦で肩に傷を負い、故郷のベネツィアに戻ってきていた。


絶え間なく波の音が聞こえてくる。

まだ海の上にいるような錯覚を覚えながら、やわらかなシーツにくるまってまどろんでいると、軽やかな足音が聞こえてきた。

「ん……」

「レオーネ様、お目覚めですか」

木製の寝台の天蓋《てんがい》からかかっているカーテンを引き、栗色《くりいろ》の髪の少年が声をかけてくる。

黒い小姓服に身を包んだ少年。彼は、代々、レオーネの家に仕えている一家の息子で、年はちょうど十五歳になる。

「ネロ……。そうだ、昨夜、私はベネツィアに帰ってきて…」

けだるさの残る躰《からだ》を起こして枕《まくら》に肘《ひじ》をつき、レオーネは長めの前髪を梳《す》きあげた。

「今もまだ、海にいるような面持ちですね」

「ああ、今回は長い海戦だったからな。船にいるような感じがなかなか抜けないよ」

ゆらゆらと揺れているような感覚が躰に残ったままだ。

けれどカモメの鳴き声やサン・マルコ寺院の鐘楼から響いてくる鐘の音に、ああ、故郷に帰ってきたのだという実感が湧《わ》いてくる。

のちにルネサンスと呼ばれるこの時代——十五世紀から十六世紀にかけて、イタリアには無数の小国が乱立していた。ローマ法王が率いるバチカン、メディチ家が君臨する花の都フィレンツェ、ミラノ大公国、ナポリ王国、ジェノバ共和国……。

時に支配し、時に支配されながら、国家の存亡をかけて争いを続ける各国。そのなかにあって、水の都ベネツィアは他国の支配を受けることなく海に護られた海運国家として繁栄していた。

そんなベネツィアの古い伯爵家の次男として生まれたレオーネは、四年前に海軍に入り、今では勇将として名を馳せている。

昨年には二十五歳の若さで『黄金の獅子』号の艦長に抜擢《ばってき》。それ以来、オスマン・トルコとの血みどろの海戦で指揮をとってきた。

ベネツィアとオスマン・トルコとは、東地中海の覇権を争い、十数年に亘《わた》って戦争をくり広げてきた。しかし先日、二国間で停戦にむけての話し合いが秘密裏に行われることとなり、ベネツィアの艦隊は、地中海に点在している要塞《ようさい》で待機することとなった。話しあいの期間は三カ月か。半年か、或《あ》るいは一年を要するのか。

この十数年の間に、ベネツィアとトルコは何度も秘密裏に和平の話しあいをもってきた。しかしそれが実を結んだことは一度もない。

果たして、今回こそ成功するのかわからないが、和平交渉の間、レオーネは艦を離れ、故郷のベネツィアに戻ることになった。海戦で負った負傷の治療に専念しながら、海戦の報告書を作成するように——との命を受けたからだ。それがために、自艦を副艦長に委《まか》せて帰国したのだ。

「昨夜は衣服をお召しなので気づきませんでしたが、肩の傷、ひどそうですね」

レオーネの左肩に巻かれた包帯を見て、ネロが不安そうに呟《つぶや》く。

「たいしたことはない」

というのは、嘘だ。今もまだ左肩をまともに動かすことができない。

折れたマストの下敷きになったときに木片が肩に突き刺さったが、応急処置だけで指揮を続けたため、傷が悪化してしまったのだ。

医師からは『傷口が塞《ふさ》がっても、当分の間、安静にしていないと剣が使えなくなるぞ』

と威《おど》され、しばらくは剣を持たないようにと言われている。ただ、そうしたことを口にして、使用人によけいな心配の種を与えたくなかった。

「兄上はどちらにいらっしゃる。帰郷の挨拶《あいさつ》に行きたいのだが」

寝台から降り、レオーネは椅子にかけておいたリネンのブラウスに手を伸ばした。

「シルヴィオ様なら、先ほど元首宮殿《パラッツォ・ドゥカーレ》にむかわれました」

「謝肉祭なのに、仕事なのか？」

「いつもご多忙で、殆《ほとん》ど館《やかた》にはいらっしゃいません」

「……お躰は大丈夫なのか」

「もう健康になられたご様子ですよ。喉《のど》のご病気も心配ないそうです」

「それはよかった。今後のご活躍が楽しみだな」

六歳年上の兄とレオーネは母親が違う。フィレンツェから嫁いできた彼の母親が亡くなったあと、父のところにきたのがレオーネの母親だ。

滅亡したビザンティン帝国の血を引く女性で、政治や国家事業に興味を持った闊達《かったつ》な性格だったらしい。

しかしレオーネが幼い頃、流行病《はやりやまい》であっけなく亡くなってしまった。

聖母というよりはユディトのような女性……と、乳母から漏れ聞いたことはあるが、実際、どのような人物だったのか、記憶らしい記憶は残っていない。ただ礼儀作法に厳しく、教育熱心だったことと、幼い頃、一度だけ、船に乗って彼女の故郷にふたりで旅行したときのことしか。そのとき、あまりの海の美しさ、雄大さに心奪われ、いつか海軍に入りたいと思ったのだ。

その後、ふたりの妻を続けて喪《うしな》った父は、さすがに次の結婚をためらったようだが、元首に夫人がいないのはよくないという周囲の強い勧めで、ベネツィア貴族の娘と三度目の結婚をした。それが今の義母だ。

生まれつき躰が弱かった長兄は、幼い頃から空気のいい場所で療養していたために、レオーネとは、たまに顔をあわせるくらいで兄弟らしい交流はなかった。

しかし成人するとともに健康になり、ベネツィアに戻ってきた兄は、共和国国会《マジョール・コンシーリオ》の一員に加わり、二年前に父が病死したあとは異例の若さで『十人委員会《コンシーリオ・ディ・ディエチ》』に推薦された。今では国家にとって、なくてはならない人材である。

そして今は、父の未亡人である義母とまだ五歳になったばかりの幼い異母弟がこの邸内に住んでいる。伯爵家の家督は兄が継いでいるものの、彼が独身ということもあり、社交的なことは、すべて義母の手に委《ゆだ》ねられていた。

「活躍といえば、レオーネ様のお噂《うわさ》もよく耳にします。総司令官になられるのも時間の問題ですね」

誇らしげに言いながら、ネロが衣装棚から赤みがかった上着をとりだす。上着は袖《そで》のところどころが割れ、そこから白い絹のブラウスが覗《のぞ》くようなデザインになっている。娼婦《しょうふ》の服から派生したものだが、今では貴族の若者の間で流行している。

「総司令官の地位に興味はない。私は海にいられればいいんだから。そもそも艦長を任ぜられ、日々、責任の重さを噛み締めているというのに……」

　上着の袖口の紐《ひも》を止め、レオーネは目を細め、窓の外に広がるベネツィアの大運河を見下ろした。

　貴族の家の次男の常として、僧職につくか軍人になるか——その選択を迫られたとき、迷わず軍人になることを望んだ。

　海から離れ、バチカン法王庁で権力の座につくよりも、ベネツィア海軍の一員となり、海とともに生きたいと思ったからだ。

「無欲ですね。どれほどの高い地位でも望めるお立場なのに」

「海軍に出自は関係ない。国家の命運のためにも、軍隊は実力主義でなければ」

「その点なら大丈夫ですよ。トルコからその首に懸賞金がかけられるほど活躍されてきたのは、レオーネ様くらいなものだとうかがっています」

「懸賞金といえば、この首に五千デュカートがかかっているそうだ」

「五千デュカートっ！」

　ネロの甲高い声が石造りの室内に反響する。

「私の寝首を掻いてトルコのスルタンに届ければ、一夜にして大金持ちになれるぞ」

危険をかえりみず、命知らずで戦うレオーネの存在は、トルコ軍の間で恐怖の象徴になっていた。『獅子の名を持つ死神』だの『冷獣の如き指揮官』だのと呼ばれて。和平条約を結んだとしても、トルコ兵のなかには自分に恨みを残す者もいるだろう。

着替えを済ませ、続き間になった居室に行くと、レオーネはネロの用意した朝食をとりながら、本棚の前に置かれたテーブルに視線をむけ、肩で息を吐《つ》いた。

「これは何なんだ?」

黒や白、色とりどりの仮面と、何枚も積み重ねられた装束の数々……。

神父服やローマ皇帝風の装束だけでなく、あでやかなドレス、それに華やかな女性用の鬘《かつら》やネックレスまでもが並べられている。

「決まってるじゃないですか、謝肉祭用の装束ですよ」

毎年、二月頃に行われる謝肉祭。ベネツィアの市民は仮面をつけ、仮装をして街にくりだし、乱痴気騒ぎに身を投じる。女装、男装を始め、貴族が道化や乞食《こじき》になったり、娼婦が聖母に、貴婦人が娼婦に化けたりするのだ。

「どうですか、このドレスをお召しになって今夜の仮面舞踏会に出席するのは。さぞお美しくなられることですよ」

ネロが豪奢《ごうしゃ》な赤い色のドレスをレオーネの前に持ってくる。ふわふわとしたレースに、華やかな刺繍《ししゅう》、縫い付けられた宝石の数々……。

「冗談じゃない、女装など。私は軍人だぞ」

レオーネはかぶりを振った。敵兵には死神のようだと恐れられているものの、身分や立場に分け隔てがなく、さっぱりした気性のおかげか、レオーネは味方の兵士や使用人から慕われている。

ネロもそうだ。幼い頃から懐いてくれている。そして彼の夢は、いつかレオーネにドレスを着させて、舞踏会に出席させることだ。

「一度、試してください。従兄どのは、聖母に扮《ふん》するとはりきっておられましたよ」

「あのごつい躰のひげ面で？　想像しただけでめまいがする」

「謝肉祭はベネツィア市民が年に一度だけ我を忘れて遊べるときです。レオーネ様も今年はご自宅にいるのですから、今夜は仮面舞踏会にご出席されますよね」

「いや、欠席する予定だ」

「またですか？　このフォスカリ伯爵家の仮面舞踏会はベネツィア随一の華やかさとしてイタリア中の憧《あこが》れの的なのに。女装がお嫌なら、せめてこれをつけて…」

ネロが近くにあった白い仮面をレオーネに手渡す。

「いいんだ、苦手だから」

「……アンドレア様のせいですか？　まだ彼の喪に服されているのですか」

アンドレア——という言葉に、レオーネは壁にかかった自身の肖像画に視線をむけた。剣を携えたレオーネの背後に、四年前に戦死した従者の姿が描かれている。

長い黒髪を無造作に後ろで束ね、しなやかな体躯を濃紺色の軍服で包んだ長身の若い男性。ベネツィア人というよりはトルコ人のような浅黒いなめし革のような肌、くっきりとした目元の傷痕。そして黒々とした切れ長の眸がじっとこちらを見据えている。

「彼のことは関係ない。もう四年も経《た》つんだ」

いや、今も忘れてはいない。

彼は心の奥深い場所に息づいている最も大切な存在だ。

彼——アンドレアがレオーネの前に現れたのは、十五年前、今は亡き父が元首になった年の聖ステファノの日だった。難破した海賊船から逃げだし、ベネツィアに流れ着き、元首のところで下働きとして雇って欲しいと訪ねてきたのだ。

使用人たちは彼を泥棒か密偵と勘違いし、乱暴に追い払おうとした。そのときに声をかけたことがきっかけで、彼はレオーネの従者となったのだ。

アンドレアという名前以外、なにもわからない少年だった。

はっきりとした年齢もわからないと言っていたが、出会ったとき、彼のほうが少しだけ体格がよかった。二、三歳、年上といったところだろうか。

野性的で生意気で、精悍《せいかん》な男らしい魅力をそなえた男で……。彼といると毎日が刺激的で、楽しくて。

『私はゆくゆくは海軍に入る。おまえも一緒にこい。大学へも海軍へも』

『わかってる。ずっとそばにいるよ』

そんな約束を交わしたのは、彼が引きとられ、一年が過ぎた頃だった。謝肉祭の出店で揃《そろ》いの指輪を彫金師に作ってもらい、身分を超えて永遠の友情を誓ったのだ。

少年同士のたわいもない約束だ。けれど大切な思い出のひとつである。

肖像画のなかのふたりは、小さくなってしまったそのときの指輪を小指につけたまま、佇んでいる。

もうこの世にいないアンドレア。彼が戦死して以来、魂の半分が欠けたような空《むな》しさが消えることはない。

——そういえば……彼が亡くなってから一度も華やかな場に出席していない。自分ひとりで楽しいことをしてはいけないという気持ちに囚われていて。

それこそ戦うためだけに生きていたと言っても過言でないほどの四年間だった。軍艦に乗り、彼を殺したトルコ軍を容赦なく攻め、敵艦を沈めたときだけ、自分が赦《ゆる》されたような気がしていたのだ。

しかしそのトルコとも和平にむけての準備が進められている。これまでも何度か話しあいは持たれてきたが、今度はいつもと違う。ベネツィアは本気で停戦を望んでいる。今度こそ、和平協定が結ばれるだろう。

「私は仮面舞踏会には欠席する。兄上への挨拶は後日。そう伝えておいてくれ」

レオーネはマントをはおり、人気の少ない裏口へとむかった。

貴族や大商人たちの館の殆どがそうであるように、レオーネの自邸もまた大運河に面して聳《そび》え立ち、運河にむかって表の玄関がひらかれている。

船着き場に何艘《なんそう》ものゴンドラが並べられ、自由に運河を行き来できるようになっているのだ。そんな場所に顔を出してしまうと、親族から仮面舞踏会に参加するように誘われて面倒なことになるだろう。

裏口から抜け、酒場で時間を潰《つぶ》そう……と、館を出て小運河沿いの道に出ると、冷えた海風が頬を叩いた。

「寒……っ」

寒さのあまり、身震いする。レオーネは膝まである黒いマントの裾《すそ》を翻しながら謝肉祭に賑《にぎ》わう街を進んだ。

けたたましい音楽。花火。仮装した人々が街にあふれ、ふだんは静かな路地裏までもが喧噪《けんそう》に包まれている。

ゴンドラには女装をした男性の集団。派手な化粧で髭《ひげ》の剃《そ》りあとを隠し、仮面をつけて笑っている。橋には、神父や尼僧の格好をした娼婦たち。ずいぶんと楽しそうだ。

やがてベネツィアの中心地サン・マルコ広場へと出ると、仮面をつけた大道芸人のまわりに人だかりができていた。

ペルシア風の装束。情熱的で哀《かな》しげな音楽。ダンスが終わると、ワッとにぎやかな喝采《かっさい》とともにコインが次々と投げこまれていく。

そのとき一座の天幕の前に佇む男の姿に、レオーネは落雷に打たれたように激しい衝撃を感じた。

「あれは……」

すらりとした長身、褐色の肌、長さの不揃いな黒髪を後ろで結び、ペルシャ風の白と黒の装束に身を包んでいる男。

顔の半分以上を黒い仮面で隠しているが、端正な目元やくっきりとした鼻梁、一切の甘さを削《そ》ぎ落としたような鋭利な相貌《そうぼう》の稜線《りょうせん》ははっきりとわかる。それに、しなやかなたくましさを備えた体躯も。

——まさか……いや、そんなはずは……。

がくがくと足もとが震え、立っているだけで精一杯だった。

「アンドレア！」

思わず出た声があたりに響き、男がこちらに視線をむける。

黒い仮面から覗く黒々とした双眸。ふたりの視線が絡んだ瞬間、レオーネの躰は反射的に動いていた。人混みを掻き分け、彼の腕を掴む。

「生きていたのか」

ぱたりと音楽が止み、まわりの視線が一斉にレオーネに注がれる。しかしそれを気にしている余裕はなかった。

「どうしてこんなところにいる。生きていたのなら、なぜ連絡してこない」

熱いものが胸にこみあげ、声が震える。切ないまでの懐かしさとともに、強烈な後悔、喪失のときに感じた痛みが胸のなかでない交ぜになっていた。

彼は困惑したような顔でじっとレオーネを見下ろした。

「返事をしてくれ、アンドレアなんだろう。仮面をとってくれ」

「……」

「アンドレア、返事をしてくれ！」

彼の肩を激しく揺すったそのとき、一座の座長らしき男が楽団のメンバーを掻き分け、近づいてきた。

「どうされたんですか、旦那《だんな》。うちの用心棒に何の用で」

「え……彼は……おまえのところの用心棒なのか？」

「ええ、そうです。その男、口が利けなくて。幼いときに高熱にやられたらしくて。南イタリアをまわっていたときにうちの一座に売られてきたんですが」

「本当に幼いときからこの一座に？」

「ええ。強面《こわもて》として一座のいい用心棒をつとめています」

レオーネはもう一度その男をじっと凝視した。彼はとまどった様子でレオーネを見下ろしている。

——人違いなのか？　しかしあまりにも似ていて……。

顔の上半分を仮面で隠しているため、似ているように見えただけなのだろうか。

「では、少しだけその仮面の下の顔を見せてくれないか」

レオーネは彼の仮面に手を伸ばした。さっと、座長がその手を止める。

「お待ちください。今日は謝肉祭。日常に戻るのは御法度です。我々のような流れ者の大道芸人には脛に傷を持つ者も多い。大きな声では言えませんが、裏の筋とつながっている者も……。この男は純粋な用心棒ですが、一人を許すと他の者も許さざるを得ません。どうかご勘弁を」

座長が小声で耳打ちしてきた。

確かにそうだ。各地を転々とまわる大道芸人の一座には犯罪に手を染めていた者や密偵も多く紛れこんでいる。

それに謝肉祭で仮面をつけている相手に、素顔を見せろというのは無風流極まりない。

「失礼なことをした。……あまりにも知りあいと似ていたので」

レオーネは手を下ろした。すると男は身振り手振りでなにか問いかけてきた。レオーネが小首をかしげると、座長が彼の言葉を代弁する。

「自分と誰とが似ているのか……と訊《き》いています」

「ああ、似ているのは、私のせいで亡くなった知人で……」

『あなたのせい、というのは？』

男は掌《てのひら》をひらき、そこに指でなにやらアルファベットを綴《つづ》った。

「海戦のとき、私の艦隊が彼のいる基地を見捨てたせいで彼は亡くなってしまったんだよ。見殺しにしたも同然だ。あのときから私は、ずっと……」

そこまで言いかけ、レオーネは口ごもった。一体自分はなにを話しているのだろう。こんなところで初対面の大道芸人相手に。

「何でもない。すべては過去の話だ。とうに忘れていたんだが、君を見て、彼が生きていたのだと勘違いした」

本当にもう忘れなければならない。トルコとも停戦するというのに、自分だけが過去を引きずっていては……。

己にそう言い聞かせ、そのまま立ち去ろうとした。けれどどういうわけか金縛りにあったように足が動かなかった。離れづらかったのだ。彼があまりにもアンドレアと似ているので、たとえ別人だとしても、もう少しそばに一緒にいたかった。

きっと謝肉祭のせいだ。今日はベネツィア中の人間が仮面を被《かぶ》り、日常とは別の人間になり、一時の享楽や偽りの関係に身を浸すことが許される日だ。だから……。

レオーネは胸から金貨の入った袋をとりだした。

「座長、この男を借りてもいいか」

「────は？」

座長が目を丸くする。

「この男が気に入ったんだ。連れて歩きたい」

ぎっしりと金貨の詰まった袋を渡そうとすると、座長は満面の笑みを見せた。

「そういうことでしたら、どうぞどうぞ好きなだけお連れなさってください。夜のほうもたっぷりと奉仕させてかまいませんので」

大きく勘違いしたらしく、にやにやとしながら座長はその用心棒の背をポンと叩いた。

「さあ、おまえは今からこちらの若旦那さまの従者だ。くれぐれも粗相がないように。朝まで帰ってこなくていいからな」

座長の誤解に恥ずかしさを感じたが、アンドレアと瓜二《うりふた》つの男と一緒にいられることにレオーネは救われるような気持ちになっていた。

「朝までなんて考えていない。私はただ君と一緒にいたいと思っただけで。喪った知人の代わりというわけでもなく……」

お望みのことは何でもします、申しつけてください——と、彼は自分の掌に文字を綴った。レオーネは静かにかぶりを振る。

「いや、なにもしなくていい。ただ一緒にいてくれれば」

男は困ったように肩をすくめる。それはできない……と。

「いや、それならいっそ、君が私になにか命じてくれ。私にできそうなことなら、どんな贅沢《ぜいたく》を言ってくれてもかまわない。君の気の済むようにしてくれ」

四年前、助けだすことができなかった大切な、兄のような友。

容姿が似ている男に尽くしたところで、彼を喪ったことへの悔恨、果てしない自責の念が消えることはない。こんなことは贖罪《しょくざい》でも何でもない。それはわかっている。それでも、なにかせずにはいられなかった。彼を忘れて前に進むために。己のなかで彼を葬る儀式のようなものがしたかったのだ。

「何でもいいから言ってくれ。酒が飲みたいのなら酒場に。食事がしたいなら食堂に。賭《か》け事《ごと》ができる店も美女のいる店もたくさんあるぞ」

バカげたことをしている。と自嘲《じちょう》しながらも、今は一年に一度の謝肉祭——何になっても許される日だと思うと、ふだんとは違う自分になって愚かなことをしてもいいような気持ちになってきた。

では、この街の案内をお願いします。初めてなので——と彼が文字を記す。

「初めて？　一度もここにきたことがないのか？」

男はうなずいた。

「わかった。じゃあ、案内しよう」

レオーネは彼の腕をとってサン・マルコ広場の人混みに紛れこんでいった。


早春の日暮れは早い。暮れなずむ黄昏の光が、男の横顔をやわらかく照らしだす。その風貌に刻まれた翳《かげ》りがあまりにも記憶のなかの男と似ていて、また鼓動が騒がしくなる。

くっきりとした目元。鋭利な印象を与える目元の切れあがり方。少しばかり人を喰《く》ったような、皮肉でも出てきそうな口元。

だが心なしか、顔の輪郭は彼よりも鋭角的な気がする。首から肩にかけてのラインも彼よりもたくましい。

ひとつひとつアンドレアとの相違点を探そうと横顔を見つめていると、男はさすがに居心地が悪そうに小首をかしげた。

なにか？　と問いかけられている気がして、レオーネはかぶりを振る。

違う。この男はアンドレアではない。と己に言い聞かせたあと、彼の腕をとり、レオーネは広場の中央に進んだ。

「見てくれ、このサン・マルコ広場を。ベネツィアの中心地だ。そしてあの金色の獅子。あれは共和国の守護神のような存在なんだよ」

黄金のモザイク画で有名なサン・マルコ寺院と、その隣に立つ白亜の元首宮殿。レオーネの名前の由来となった金色の四頭の獅子が飾られた鐘楼は、外敵がこないかとじっとベネツィアの海原を堅守しているかのようだ。

「次はゴンドラに乗って、路地を巡ろう」

レオーネは彼を連れ、船着き場に停《と》まっていた黒塗りのゴンドラに乗った。

水の都ベネツィアは、運河と細い路地が縦横無尽に入り乱れている迷宮のような造りになっている。行き止まりがあったとしても、さらにそのむこうに路地があり、広場に行き着くことができるのだ。

それに建物が密集しているため、細い水路が続く小運河は曲がり角ごとに光の明度が変化し、躰を包む気温も変化する。太陽の光を感じたかと思えば、冷んやりとした日陰の黴《かび》臭い空気に包まれていく。

「この街は暮らすのに楽な場所ではない。けれど平和と安全のため、この街の祖先は想像を絶する努力を重ね、海のなかにこの奇跡のように美しい都市を築いたんだ」

千年前、このあたりは小さな浮島が点在する葦《あし》だらけの浅瀬が続いていた。

その浮き島に人間が住める場所を建設していくことで、人々は、北部から攻めてくる敵国から身の安全をはかってきた。

そんな説明をしながら小さな広場前の船着き場に着くと、レオーネは彼とともにゴンドラを降りた。そのあたりはゲットーといわれる下町だった。

「ここはユダヤ人やムーア人、それに流れ者が多く住んでいる地域だ」

苔《こけ》だらけの暗い路地が続き、貧困層や流れ者の巣窟《そうくつ》もところどころにあり、治安のよい場所ではない。

アラビアの占星術師や異端とされている錬金術師、東洋医術を生業とする医師などが住みつき、自由国家ベネツィアのなかでもとりわけ自由な風潮が漂う国際色の豊かな一角となっている。

「次はあれをやろう、アンドレアともよくやったんだ」

弓を的に当てて遊び、くじ引きや妖《あや》しい東洋の占い師の館を巡っていった。

裏通りの酒場で酒を引っかけ、娼館《しょうかん》の前で美女を物色し、大通りに面した酒場で酒を飲みながら賭け事を楽しむ。

彼とそっくりの男を連れ、かつて彼とやっていたことをなぞっていく。こんなことをして何になるのかと思いながらも、そうすることで喪失感と自責の念が少しだけ軽くなるような気になっていた。

「大学時代もこんなふうにふたりで過ごしたんだ。ベネツィアに帰郷するたび、このあたりの酒場をよく梯子《はしご》して。賭け事や女を引っかけるだけじゃなく、海軍の未来や世界情勢、あの頃の私たちは……」

と言いかけ、レオーネは口を噤《つぐ》み、男の横顔を見あげた。

黒々とした眸、形のいい鼻梁、不遜《ふそん》な印象がにじむ口元。鋭利な顎《あご》の線。

あまりにも似すぎていて、こうして見ていると、切なさと痛みとが胸のなかでない交ぜになったような甘苦しい感覚が胸底から衝《つ》きあがってくる。

陽の射《さ》さない路地に立つふたりを、松明《たいまつ》の明かりが淡く浮かび上がらせていた。

遠くからは、謝肉祭の喧噪。それなのにこの路地も運河もひどく静か過ぎる。ただ自分の胸だけが騒がしい。

じっと見つめているレオーネの視線に気づき、男はふっと目を細めた。

『そんなに……似ているのか？』

掌に指で文字を書き綴ると、彼はレオーネの頬に手を伸ばしてきた。大きな掌に頬を包まれる。そのぬくもりが皮膚に伝わってきた。

――そういえば……アンドレアもよくこんなふうに。

ふいに既視感を覚え、甘く狂おしい奔流のようなものが躰を流れていく。

「アンドレア……なのか」

この仕草。闇色《やみいろ》の双眸。褐色の肌……。胸の底が熱く疼《うず》く。風貌だけではない。伝わってくる空気までもがどうしようもないほど似ているせいだ。

「頼む、その仮面の下の素顔をひと目だけでも」

おそるおそる彼の漆黒の仮面に手を伸ばしたとき、ぐぅっと黒い影が視界を覆った。

「……っ」

一瞬、なにが起きたのかわからなかった。唇が触れあい、皮膚を擦《こす》りあわせながら唇を押し潰されていく感覚に、ただ目を見ひらくことしか。

「ん……っ！」

舌先で唇をこじ開けられかけ、ようやく自分がされていることに気づく。ハッとし、レオーネは男からのがれようと、使えるほうの手をその肩にかけた。

「待て……こんなこと……」

彼の肩を押し返そうとしたが、手首を掴まれてそこに文字を記される。

『このまま俺と一夜を』

腕を引っぱられて奥にある宿に連れて行かれそうになる。

「待ってくれ、私はそういった意味で君を誘ったのでは……」

貴族の青年としてそれなりの経験はあるものの、同性との関係に興味はない。勿論《もちろん》、アンドレアともなにもなかった。

『君が欲しい』

真摯《しんし》な表情で文字を綴られ、なぜか胸が高鳴った。アンドレアに似た男。この男に身を委ねれば、アンドレアへのどうしようもない自責の念から救われるのだろうか。

「……できない」

否、それはない。こんなことは贖罪ではない。

『我々芸人は買い求められた相手の褥《しとね》に行くものだ。慣れている』

「勘違いするな。ただ一緒にいたかっただけでそういう意味はない」

強く言い放ち、背をむける。しかしぐいっと手首を掴まれ、一瞬にして強い力で抱きこまれてしまう。気がつけば、路地の壁に背中から押しつけられていた。

「……っ！」

胸と胸が恐ろしいほど密着し、すっぽりと抱きこまれて身動きがとれない。

「だめだ……放して……く……っ」

身をよじろうとしたが、唇にあたたかな息がかすめ、熱っぽい重みに唇を押し潰されていく。こちらの唇を包みこむように食《は》まれ、あたたかなものが唇の隙間《すきま》に侵入しようとしてくる。

「ん……んっ……ふ……」

息ができない。根元から舌を搦《から》めとられて喉が引き攣《つ》る。

これは挨拶のくちづけとは違う。こんなくちづけは初めてだ。いや、くちづけだけでない。他人からこんなにもぞんざいに触れられたことは、これまで一度もない。

「ん……ん……っ」

顔の角度を変えられ、舌がもつれたように絡まりあう。唇の隙間から唾液《だえき》が漏れ、なまあたたかな雫《しずく》が首筋から流れ落ちていった。

獰猛《どうもう》なまでに激しいくちづけ、嗜虐的《しぎゃくてき》な愛撫《あいぶ》。

違う……この男はアンドレアではない。ここにいるのは同じ貌《かお》をしただけの獣《けだもの》のような男だ。身代わりは、所詮《しょせん》、身代わりでしかない。はっきりとそう実感した瞬間。

「だ……め……だ……もうっ……駄目なんだっ、放せっ！」

渾身《こんしん》の力をこめ、男の胸を押し返した。

「いいかげんにしろ！」

負傷している肩に鋭い痛みが奔《はし》り、傷口がひらいたのがわかったが、それを気にする余裕はなかった。

突き飛ばしたはずみで、男が大きくあとずさる。ガンっと、その背が壁にぶつかった反動で、彼の顔から黒い仮面がとれてしまった。

「――っ！」

すーっと落ちていく仮面。弾《はじ》けるような音を立てて石畳の上をはずんだそれは、水しぶきをあげて運河の波間に落ちていった。

「あ……」

顔をあげると、男は踵まである上着の裾を翻し、くるりとレオーネに背をむける。水面《みなも》に落ちた仮面がゆらゆらと揺れるその上から、彼のシルエットが遠ざかっていく。

カツカツと靴音を路地に響かせ、彼はにぎやかな広場へと進んでいった。

「待て…」

とっさにその後ろ姿に腕を伸ばしかけたが、レオーネは動きを止めた。

広場へと出た彼の背中がまばゆいほどの松明に照らされ、にぎやかな仮装集団に呑《の》みこまれていく。

「行ってしまったか」

息を吐き、レオーネは虚《うつ》ろな眼差しで小運河に揺れる仮面を見つめた。

躰のなかは、まだ快楽の種が残っている。埋《うず》み火《び》のようにちろちろと。

しかし心のなかには、からからに乾燥した砂地に踏み迷ったような空疎さが駆けぬけていく。

出会ったばかりの行きずりの男と自分はなにをしようとしていたのか。

壁にもたれ、レオーネは運河に浮いている彼の黒い仮面を見下ろした。

目の部分から鼻筋までを覆うためだけの、何の変哲もない黒い仮面。その仮面のむこうに隠れていた顔は、こちらが思っていたほどアンドレアと酷似していたのか。

確かめるのはやめよう。

あれは……謝肉祭の喧噪が見せた偽物のアンドレアでいい。

偽物は偽物。幻影として、祭とともに消えていくだけ。

——アンドレア……。

小指にそっと唇を近づける。唇に触れたひんやりとした指輪の感触に胸の奥が軋む。

愛……ではなかった。いや、愛だったのかもしれない。

最も身近な存在への、最も慕わしい者への愛情を、レオーネは彼に抱いていた。

今も彼を亡くした喪失感は拭《ぬぐ》い去れない。彼と酷似した男を身代わりにしてしまおうとするほど。

——だが彼の命を奪ったトルコとも停戦する。時代は変わっていく。今日をかぎりに彼とのことは胸の底に封印し、私は前にむかって歩いて行く。

小運河にかかったアーチ型の橋の中央に佇み、レオーネは左手の小指からアンドレアの指輪と自分の指輪を同時に抜きとった。

この指輪は、戦死した彼の唯一の遺品だ。昔、謝肉祭に店を出していたこのあたりに住む細工職人に作ってもらったもので、彼の形見と思い、この身からはずすことができずにずっとつけてきたのだが。

橋の欄干から手を伸ばし、レオーネは瞑想《めいそう》するように目を閉じた。

海への誓い――。

この街では、新しく元首が選出された年の十二月二十六日――聖ステファノの日に、元首は海と結婚する決まりになっている。

沖に出て、海に指輪を落とす『海との結婚』を行う儀式。

それを真似《まね》するわけではないが、海の底にいるアンドレアに誓いを立てようと思った。

生涯、彼のことは忘れはしない。

けれど彼の喪に服すのはこれで終わりだ。

「海よ。私は永遠におまえのものであり、おまえは永遠に私のものであるように」

手をひらいた瞬間、レオーネの手から指輪がこぼれ落ちていく。

アンドレアの指輪、そして自分の指輪。

水面に揺れている仮面の上にすとんと指輪が落下する。それは吸いこまれるように黒々とした夜の闇のなかに消えていった。

Ⅱ　海との結婚式―Matrimonio col mare―

春めいた潮風が細い路地の奥に流れこんでいる。

ベネツィアに帰還してから一カ月が過ぎた頃、レオーネの左肩から包帯がとれた。謝肉祭のときにひらいた傷口がようやく塞がってくれたのだ。

「よし。もう傷口がひらくことはないだろう」

医師の言葉に、レオーネは笑顔で椅子から立ちあがった。

「これで船に戻れるな」

「船に？　まさか海に戻るのか？」

医師は驚いたように目を丸くした。

「様子を見に行く。私の船がロヴィニの要塞で待機中なんだ。副艦長に乗組員のことを任せてはいるが、ここからはそう遠くはないことだし…」

笑顔で語るレオーネの言葉をさえぎるように、医師が左肩をトンっと掌で叩いた。亀裂《きれつ》が奔ったような痛みを感じ、レオーネは顔をしかめた。

「痛っ、なにをする！」

「まだ早い。許可できん。この状態で医療設備の整っていない海上に出るなど。腕を切断することになっても知らないぞ」

「切断だと？　治ったのではないのか」

レオーネは無事なほうの手で思わず医者の胸ぐらを掴んでいた。

「だ、大丈夫だ、治ってはいる。ただ、まだ剣や銃も持ってはいかんということだ。もうしばらくの間、安静に過ごすんだ」

医師から手を放すと、レオーネはため息をついた。

「こんな面倒なことになるのなら、焼き鏝を使って傷口を塞げばよかった。あれなら傷口がひらく心配はなかった」

「君が我慢強いのは承知だが、あれは勧められん。火で焙《あぶ》った鉄で無理やり止血するんだ。地獄の苦しみだぞ、どんな屈強な男でも失神している」

医師が帰る準備をしていると、木製の扉をノックし、ネロが現れた。

「レオーネ様、今から書斎にくるようにとシルヴィオ様が」

「兄上が？　わかった」

わざわざ書斎に呼びだすとは、なにか大切な改まった話があるのだろうか。

数日に一度は食卓で顔をあわせているというのに。尤《もっと》も食卓には義母や給仕がいるため、大切な話をすることはできないが。

レオーネは白いブラウスの上に緑の上着をはおり、二階の奥にある書斎へとむかった。

ベネツィアに戻ってから一カ月、レオーネは怪我《けが》の治療に専念しながら海軍省に提出するための航海日誌や戦闘の経緯についてまとめていた。

一方、兄のシルヴィオはずっと元首宮殿に詰め、オスマン・トルコとの和平交渉の内容をどうするのか十人委員会や元老院《セナート》議員たちとともに連日のように話しあっている。


「お呼びですか」

書斎に行くと、兄は机の前に立ち、広げた地図を見下ろしていた。

元首宮殿から帰ったばかりなのか、足首まであるゆったりとした官衣を着けたままである。

窓から陽射しが入り、大理石の床に兄のほっそりとした影が長く伸びていた。

この書斎にはフォスカリ家代々の当主の肖像画を始め、オリエント交易で手に入れたビザンティン帝国や東洋の銘品がずらりと並ぶ。この家がベネツィアの栄光と繁栄とともに歩んできた、その歴史を物語っている。

「肩の傷はどうだ?」

兄は顔をあげ、胸元まで垂れた癖のない長髪を背中に流した。彼も自分も父親に似て、同じ髪の色、同じ眸の色をしている。

母親が違うせいもあるが、軍人であるレオーネに比べると兄のほうが全体的に色素が薄く、線が細い。少年時代に長く伏せっていた影響からか儚《はかな》げな風情が漂う。

「まだ船に戻ってはいけないと医師に言われました」

「そんなに悪いのか？」

「いえ、近いうちに訓練を始めます。すぐに元に戻ると思います」

レオーネはこぶしをにぎりしめ、にこやかに微笑した。

「君なら大丈夫だろう。努力家で熱心だ」

目を細め、兄はふわりと微笑する。淡い光に透けそうな笑み。彼の微笑を見ると、時折、すぅっと彼のなかにとりこまれそうな錯覚を覚える。

彼はいつもこんなふうに静かな春の海のような笑みを見せる。情熱や欲望、怒りや慟哭《どうこく》といった激しい感情には無縁の、別世界で生きているような印象だ。

どこか達観したように感じるのは、幼い頃に病で死線をさまよい、生死の境を超えてきた人間ゆえのものか。

「そうだ、今日、元首宮殿に行ったとき、商人がトルコに出まわっている君の似顔絵を見せてくれたよ。恐ろしげな風貌だった。さしずめゴルゴーンの男版といったところか」

ゴルゴーンはギリシャ神話に出てくる魔物だ。髪が蛇で、その顔を見た者は石になってしまうという。

「トルコにとって、私はそういう存在なんでしょう」

苦々しく答えると、兄は小気味よささうに笑った。

「懸賞金をかけられた武将がこんなに麗しいとわかれば、トルコ軍の戦意も消失するだろう。首を刎《は》ねるより、恋でも囁《ささや》いたほうが楽しそうな雰囲気だからな」

「またそのような趣味の悪い発言を……」

レオーネはあきれたように横目で兄を見た。

この兄は、儚げで夢のように麗しい外見とは裏腹に、色恋に関してはとんでもない噂もよく耳にする。ベネツィア中の貴婦人たちがこぞって彼を褥に呼んでいるという話や、いかがわしい下町の歓楽街に夜な夜な現れて騒ぎを起こしているとも。

真実か嘘か。確たる証拠もない代わりに、兄に尋ねても意味深な笑みをうかべるだけなので、どれも当たっているような気もして……実際にはどうなのかさっぱりわからない。

母親が違う上に、一緒に育たなかったせいなのか、同じ兄弟でも随分違うように感じる。レオーネは無骨で無風流な上に、この四年、最前線にいたため、色恋に目をむけるゆとりがなかった。おかげで浮いた話のひとつもない。

「……トルコとも停戦することになりましたが、地中海も平和になるのでしょうか」

レオーネの言葉に、兄は冷ややかに嗤《わら》った。

「真の平和などあるものか。トルコはこちらの出方を見ているだけだ」

「兄上…」

「平和など理想論でしかない。この世は常に修羅に満ちている」

また柔和な笑み。その言葉の鋭さとは真逆のにこやかさのなかに、それ以上、反論できないような不思議な力を感じる。

「和平の条件として、トルコは植民地の譲渡と金を要求してくるだろう。トルコ近海を運航するときの、商船への課税も莫大《ばくだい》な金額を突きつけてくるに違いない」

長い間、ベネツィアの商船はたびたびトルコ軍の脅威に晒《さら》されてきた。

停戦の話しあいを求めたのは、これまでに捕らえられた人質たちの解放と、商船の安全な運航がベネツィアを重視してのことだ。

貿易こそがこの国の繁栄の源。資源も持たないこの国の繁栄はオリエント貿易にかかっている。それを護るための停戦だった。

「ついては、そのことで、もうじきトルコから我が国に特使がくることになった」

「トルコから？　先に我が国から使節を派遣するはずではなかったのですか」

「正式な交渉の前に、秘密裏に話しあいがもたれることになったのだ。他の国に、停戦のことを知られると、邪魔をされる可能性があるからな」

まわりには、ベネツィアとトルコとの間に平和が訪れることをよく思っていない国家のほうが多い。自国の利益のため、戦争で疲れ果てて両国が国力を弱めることを望んでいるところばかりだ。

「表向きは、戦争で捕虜になったトルコ兵の引きとりにくるということになっている。だが裏では、それぞれ条件を出しあい、和平交渉の準備を行う」

「すべては、その特使との話しあいにかかっているということですね」

「そうだ。特使の名はデニズ・アイ・パシャ。我が家で接待することになった」

「特使が我が家に？」

レオーネは大きく目を見ひらいた。

「ああ、我が家の警備体制は万全だ。安全面、広さ、設備、これまでの接待の経験等を考慮し、ここが最適ということになった。以前に、エジプトの使節を接待した実績も買われたのだろう」

今の元首は、レオーネたちの遠縁にあたるロメオ・リッピという男がつとめているが、彼の私邸は修復中のため、外国からの使節を招くのには適していない。

勿論、元首宮殿も使用することはできない。他国の大使や密偵に停戦への動きを感づかれてはいけないからだ。他にいくつか候補にあがりそうな貴族の館も思い浮かぶが、恐らく兄が巧みな弁術でその権利を手に入れてきたのだろう。

「特使がいる間、レオーネ、君には私の補佐を頼みたい。たとえ医師から乗船の許可が出たとしても、君を海に返す気はなかった。君はトルコの言葉も堪能《たんのう》だ。特使の接待を手伝ってくれ」

「ですが、私は懸賞金がかけられている身。トルコ兵のなかには私に遺恨を抱いている者も多い。そんな者が補佐について大丈夫でしょうか」

「大丈夫だ。君が公平で、優しい人柄の人間だとわかれば、トルコ兵の恨みも少しは軽減されるだろうから」

「そうあればいいのですが。で、そのデニズ・アイ・パシャという特使……一度も聞いたことのない名ですが、どのような人物なのですか?」

デニズとはトルコの言葉で『海』、アイは『月』という意味だ。海辺の出身で、満月の夜に生まれたのだろうか。

「最近、力をつけてきた男だ。ここ数年で奴隷からスルタンの側近にまでのしあがり、パシャという尊称を名乗ることを許されたそうだ」

「奴隷から?」

「今のスルタンは革新的な思考の持ち主だ。身分が高くても無能な者は排除され、奴隷でも実力があれば大臣にのしあがれる」

「確かにそのようには聞いていますが、それでもよほどの実力者でないかぎり不可能なはず。一体、どのような人物なのですか？」

「私のところにもまだくわしい情報は入ってきていない。密偵にさぐらせてはいるが、なにせ、ごく最近になって力をつけてきた者だからね。今の段階では、語学に堪能で、武人としても優れた能力を持った二十代半ばの美丈夫ということしかわかっていない」

嫌な予感が胸をよぎる。不吉な重苦しい闇にこのベネツィアがとりこまれていくような感覚に、なぜか身震いを覚えた。

「レオーネ、ベネツィアには、トルコに憎しみを抱いている者も多い。万が一、特使の身になにかあれば、停戦の話は露と消えてしまう。君は接待係として特使に付き添い、有事の際はその身を護るようにもつとめてくれ」

「わかりました」

この接待には、ベネツィアの命運がかかっている。

成功すれば、政治家としての兄は高く評価されるだろう。海軍内でのレオーネの立場も大きく変わる。しかし失敗すれば……兄もレオーネも失脚する可能性が高い。

「君が政治的能力を身につけていくいい機会だ。早めに結婚し、クレタ島の総督を経験しながら、ゆくゆくは共和国国会に参加していくという方向も考えていかないか」

「兄上、その件は、まだ…」

「私は君にもっと幸せになって欲しいんだ。アンドレアがいなくなってから、君の表情はいつも浮かない。舞踏会にも出席せず祭りにも参加せず、危険な戦地に自ら赴いて。今回のような命に関わるような負傷を負って…」

「お待ちください。彼の死は、私の生き方とも負傷とも関係ありません。私は自分の信念をもって、戦地に赴いているのです」

「だが彼が亡くなって以来、嫌な噂ばかりを耳にする。死神、冷獣と恐れられ、命知らずな戦いをくり返している。私は君のことが心配なんだよ」

いさめるように言われたが、レオーネはきっぱりと反論した。

「士官が命を惜しんでは戦いになりません。敵国に勝利できるのであれば、私はこの命など喜んで地獄の使者にくれてやります。だからといって懸賞金の対象にされるのはまっぴらですが」

「頑固な男だ」

兄は腕を組み、あきれたように苦笑する。

「あなた同様、フォスカリ家の人間ですから」

笑顔につられ、冗談めかして言った言葉に、兄がふっと緑の目を細める。

こちらをじっと凝視するその眼差しの奥にかすかな冥さ。レオーネが眉《まゆ》をひそめると、彼はすぐにおだやかな笑みを見せた。

「そうだな、喰えないところもよく似ている」

目の前にいるのは、いつもの優しい表情をした兄だった。今のは気のせいだったのか。兄のなかに踏みこめない仄《ほの》かな闇のようなものを感じた気がしたが。

「……確かに、私はアンドレアの死を忘れることはできません。彼のような犠牲者を出したくなくて命がけで戦ってきました。しかしベネツィアを護るためには、和平がなにより も大切だということは理解しています。ご案じなさらなくとも、これまでのトルコへの恨みは忘れ、特使への接待に尽力します」

「たのもしい返事だ。任せたぞ」

「はい」

レオーネは返事をすると、自室に戻った。

――アンドレアがいなくなってから……か。

兄のシルヴィオよりも、彼のほうが兄弟のような存在だった。最も身近で、空気のように気楽で、一緒にいるのが当たり前で。

先日会ったアンドレアにそっくりのあの男……。名前も一座の名も聞かなかったが、あれ以来、街では見かけていない。別の祭りにでも行ったのだろうか。

「アンドレア……」

レオーネは瞼《まぶた》を閉じた。彼を喪ったときの胸の痛みは今も風化していない。助けることができなかった無念。激しい自責の念。真っ赤な焔《ほのお》に包まれ、焼け落ちていく基地に彼を残してしまったことへの気が狂いそうになるほどの絶望感。

『俺はあなたのそばにいたい。あなたを護る使命がある。それなのにどうして』

『駄目だ。おまえは基地に残れ。命令だ』

最後の会話を思いだしただけで、躰中の神経が掻《か》き毟《むし》られそうになる。頭のなかに刻みこまれた記憶のすべてを粉々に破壊したくてしょうがなくなってしまう。

彼に瓜二つの男と過ちを犯しそうになるほど。彼ではないのに、あまりに彼に似ていて、その望みをすべて受け入れることで贖罪になると錯覚しかけてしまうほど。

——駄目だ、指輪を小運河に捨て、忘れようと誓ったのに……やはり私の心からあのときの哀しみを消すことはできない。

†

アンドレア・ステファノ。彼がレオーネの前に現れたのは、一年に一度の聖ステファノの日だった。

その年、新しく元首になった者は海のなかに指輪を落とし、ベネツィアの海との結婚式を行う。海と共生してきたベネツィアならではの慣《なら》わしである。

十歳になったばかりのレオーネは療養中の兄に代わり、元首の息子として父親の乗る御《ブチン》座船《トーレ》に乗りこむことになった。貴族の子弟らしく、絹製の白いブラウスに濃い赤色の膝丈《ひざたけ》までの正装を纏って。

ゆらりゆらり。色とりどりに着飾った貴族たちを乗せた何艘ものゴンドラが漂う。

色あざやかな花々が咲き競っているかのような光景だった。

多くのゴンドラに囲まれた中央の船——黄金の獅子に飾られた真紅の御座船は、船頭《ゴンドリエーレ》が持った櫂《かい》までも真紅と黄金に彩られていた。

海に護られ、海に育《はぐく》まれ、海に繁栄をもたらされた人工都市——ベネツィア。この街を統率することになった者は、海との共存、海との蜜月《みつげつ》がいつまでも保たれるように祈りをこめ、海と結婚することになっていた。

やがて、波の高い海原の中央に御座船が停止する。

父は舳先《へさき》にむかった。

「ベネツィアの海よ、私はこれからおまえと結婚する。ベネツィアの海よ、未来永劫《えいごう》、永久におまえが私のものであるように。そして私がおまえのものであるように」

父の手から離れた指輪が海のなかに消えていく。

厳かで、華やかな儀式だった。夢のように美しい儀式の余韻を胸に、ベネツィアの本島に船が戻ろうとしたそのとき、頭上からパラパラと雨が降り始めた。

霧雨混じりに風が吹き始め、船が大きく揺れる。

「大丈夫か、レオーネ」

父が問いかけてくる。レオーネはほほえんで答えた。

「たいしたことはありません」

大波に煽《あお》られながら、船は冬の雨に煙るサン・マルコ広場に戻っていった。

そのとき、船着き場の桟橋で待機していた父の従者たちと言い争っているような少年の姿が見えた。なにを争っているのだろう。御座船が岸に近づくにつれ、その様子がはっきりと見えてくる。

従者数人にとり囲まれている十二、三歳の少年。破れたシャツ、それにすり切れた靴。彼がなにかを訴えてとりすがろうとすると、従者がその手を払う。そのはずみでバンっと彼が桟橋に倒れこむ。

ゴンドラが船着き場に着くと、父はいさめるような声で従者たちに声をかけた。

「どうした、なにをしている、その子供は?」

「この野郎が、元首のところで働かせろとうるさくて。新手の物乞《ものご》いにしても、厚かましい奴《やつ》だ」

「違う、俺は物乞いじゃない!」

反論する少年。倒れたときに怪我をしたのだろう、唇から血が流れている。

船乗り風の、長旅でくたびれたような服装。雨に濡《ぬ》れ、ひどく寒そうだ。乱れた黒髪、黒い眸、褐色の肌。あきらかにベネツィアの人間ではない。海賊の奴隷か、東から流れてきたジプシーか、或いはトルコの血を引いているのか。

「この褐色の肌。どう見ても、トルコの密偵か、ジプシーだろう。いずれにしろ流れ者には違いない。さあ、さっさとここから去るんだ！」

腕を掴もうとした従者からのがれると、少年は栈橋に手をつき、ゴンドラに乗った父を見あげて必死に訴えた。

「俺はただ働くところを探していて。頼む、あんたのところで俺を雇ってくれ」

白い息を吐き、彼はすがるように父の乗った御座船に手を伸ばした。

「この野郎っ、元首の船に触るな。さあ、あっちへ行け！」

従者が彼の肩を掴み、御座船から遠ざけようとする。いきなり肩を引っぱられ、反射的に振り払おうとした少年は、勢いあまって足を滑らせ、雨に濡れた栈橋に胸から転がっていった。栈橋に溜《た》まった水が跳ねあがり、彼は頭からびしょ濡れになった。

「さあ、早く、行け！」

従者が彼を引きずりあげたそのとき、レオーネはとっさに父の腕を掴んだ。年の近い少年が乱暴に扱われる姿を見ていられなかったのだ。

「待って。父上、やめさせて。お願いです、彼の話を聞いてあげて」

少年は目を眇《すが》めた。

「父上だと…」

桟橋に手をついた姿勢のまま、彼は鋭利な眼差しで御座船にいるレオーネを見つめた。ふたりの視線が絡む。荒々しいまでの猛々しさを孕んだ黒い眸、左目の下に、くっきりと刃物で傷つけられたような痕《あと》が刻まれている。

だが野性味のあふれた彼の相貌は、よく見ればひどく端正だった。

「……あんたが元首の息子か」

彼はレオーネを見据え、口元に皮肉めいた笑みを刻んだ。

冥府《めいふ》の使者のような、冥さをにじませた微笑。或いは、野生の獣。見ているだけで背筋がぞくりとした。

彼は何者なのか。何の目的でわざわざ父に「雇ってくれ」と言っているのか。しかも聖ステファノの日に現れて。それに、一体どこの国の者なのか。

「ふてぶてしい小僧だ。さっさとあっちへ行け！　おまえがそんなところにいるから元首さまたちが船から下りられないじゃないか」

もう一度従者が彼を引きずっていこうとする。

「待つんだ、乱暴にするんじゃない」

レオーネの言葉にハッと従者たちが動きを止める。

ちらり、と父の顔を一瞥《いちべつ》する。父が頷《うなず》くのを確認すると、レオーネは御座船から降り、彼の前に行って胸から白い布をとりだした。

「坊ちゃま、おやめください、危険です」

従者があわててレオーネの動きを止めようとする。しかし父が口を挟む。

「待ちなさい、レオーネにまかせなさい」

父の教育方針だ。父は法と神に背くことでなければ、あとのことはレオーネの自主性にまかせようとする。たとえ子供であったとしても、常に元首の息子という自覚を持って行動し、その責任を自分でとれるようにしなさい、と。

「唇から血が出ている。大丈夫か？」

少し年上のようだ。自分よりも背の高い彼の口元に布を近づける。するとびくりと躰を強ばらせ、彼は信じられないものでも見るような目でレオーネを見下ろしてきた。

他人に触れられることに慣れていないような警戒心が彼の全身からびしびし伝わってくる。誰も信じていない野生の動物のようだ。

刃物で斬《き》ったような目元の傷。全身からにじみでる冷ややかなまでの警戒心。だが間近で見ると、その眸は怖いくらい透明で美しかった。

「名前は？　家族は？　君はどうして父のところで働きたいの？」

問いかけると、彼は目を細めた。わずかに解《と》かれた警戒心。それと同時に、ほっとしたような安堵《あんど》の色が彼の目に生まれたのがわかった。

「名はアンドレア。生まれたときから家族はいない。俺はただ食いものとねぐらが欲しいだけだ。元首のところなら、それくらいあるだろう？」

褐色の肌、黒い双眸をした獣のような少年――それがアンドレアだった。


それから十余年が瞬く間に過ぎていった。

父が海と結婚した朝、突然、レオーネの前に現れたアンドレア。

飼い慣らされていない野生の獣のような目と褐色の肌。物心ついたときから親はなく、ダルマチア地方（現クロアチア）にある、海沿いの修道院で育ったらしい。

その後、聖職者になるのがイヤで抜けだしたところ、盗賊に捕まり、海賊船に売られて、奴隷として働かされた。

東はキプロス、西はポルトガル……と、地中海を海賊船とともに移動したが、ベネツィアの近くにきたときに海に飛びこみ、脱走したそうだ。そしてそのまま彷徨《さまよ》っているうちに流れ着いてきたらしい。

そのとき、ちょうど元首が海と結婚する儀式に遭遇したとのことだった。

『どうせなら、この国の一番偉い人間のところで働きたかった。ただそれだけだ』

父の許可をとり、自邸に連れて帰ると、彼はそんなふうに言った。

その後、父が調べたところ、彼の言い分どおり、クロアチアの修道院に彼がいた足跡があった。

彼をもとの修道院に戻すか、どこか別の教会にあずけるべきか。そんな話も出たようだが、最終的に、元首の私邸で下働きとして働かせて様子を見ることとなった。

彼は実に熱心に働いた。

海賊船にいるときに培われた語学力や数学力、剣や銃の腕の良さもあり、邸内で重宝されるようになっていった。だがいつまで経っても全身からすさんだ風情を漂わせ、アフリカにいる黒豹のように決して人に懐かない性質として、いつも独り、孤独に過ごしていた。他人を信頼しない、まわりに媚《こ》びない、たよれるのは自分のみ――と本能的に悟っているような、冷ややかで醒《さ》めた態度。

彼は常に飄々《ひょうひょう》と一匹狼《いっぴきおおかみ》のように過ごしていたが、最初に声をかけたこともあり、レオーネにだけは心を許すようになった。

きっかけは、海の話だった。彼の育ったダルマチア地方は、当時、ベネツィアの支配下にあった。いくつもの植民都市が点在し、海軍の要塞や貿易の中継点になっているのだが、母の実家が近くにあるため、レオーネは幼いときに一度だけ訪ねたことがあった。

『ベネツィアからダルマチアまで、一度だけ、ベネツィア湾《アドリア海》を船で旅をしたことがあるんだ。すごく綺麗《きれい》だよね。透明なエメラルドグリーンの海。あのとき、いつか海軍に入りたいって決心したんだ』

そう言って話しかけると、彼は仏頂面のまま『俺も海は好きだ』とぼそりと答えた。海の話で盛りあがるうちに、彼は幼いときに修道院で経験したことや海賊船での武勇談を語ってくれるようになり、少しずつ親しくなっていった。気がつけば兄弟のように仲良くなり、剣の稽古《けいこ》や様々な武具の使い方も教えてくれた。

年の近い兄のような慕わしさ。と同時に、まったく自分とは異質な世界でたくましく生き抜いてきた彼の野性味に、レオーネは惹《ひ》かれていった。

一年も過ぎた頃、彼はレオーネ専属の従者となった。

それからはともに遊び、ともに大学に進学して学び、多感な時期の殆どの時間を実の兄弟のように過ごした。

そしてレオーネが二十一歳になった年、ふたりは初めての海戦にむかうこととなったのだ。

乗艦することになったのは、ベネツィア艦隊の副司令官フランコが率いる船。彼はレオーネの父の従弟《いとこ》のひとり——遠縁にあたる男だった。

彼とともにトルコ軍の動きを偵察し、コルフ沖にあるベネツィアの植民都市群を護る仕事を命じられた。

船がむかった先は、ギリシャのベルテ島という要塞。鉄や鉛といった豊富な鉱物資源がとれることで有名な島だ。商人たちがオリエント貿易の中継地としてよく立ち寄る島で、堅固なベネツィア海軍の要塞に護られていた。

ベルテ島に到着する朝、狭い船室で起きあがると、レオーネは自分と反対側の寝台に、アンドレアの姿がないことに気づいた。

——また海を眺めに行ったのか。昨晩は寝付きが悪そうだったが、なにか悩みでもあるのだろうか。

海賊船にいた頃のことを思いだしているのか、それともただ単に海が好きなのか。アンドレアは、なにか大切な考え事をするとき、海を眺めている。

甲板にあがっていくと、案の定、アンドレアは手すりに肘をついて夜明け前の東の海を見ていた。まだ太陽は出ていない。だがまわりは淡い明るさに包まれ、夜明け前のひんやりとした風が心地よく頬を撫でていく。そして海は死んだように静かだった。

「また甲板に出ていたのか」

声をかけると、不ぞろいな長めの黒い髪を後ろで束ねた長身の男が振り返る。すらりとした肢体に、黒い眸、褐色の肌を持った野性味あふれた男。凛々しく成長し、レオーネ付きの従者として彼もまた海軍の一員となった。

「もうすぐ夜が明けそうだな」

「ああ、今日あたりギリシャ本土が見えるだろう」

アンドレアは風にはためく髪を掻きあげた。

彼がベネツィアにきて十年以上になる。なのに初めて現れたときと同様に、彼は人に懐かない獣のようだ。レオーネ以外の他人には馴染《なじ》もうとしない。

「春の地中海は本当に綺麗だ。以前におまえが言ってた通りだな」

「そういえば、レオーネはギリシャまでくるのは初めてなのか」

「ああ」

「なら、夜明けは見ておいたほうがいい。心が洗われるような美しさだ」

レオーネは東の海に視線を傾けた。青黒かった世界のなか、水平線に沿って細い光の筋が一本見えたかと思うと、その中央から朝日がのぼり始める。

金色の獅子の刺繍がなされた緋色《ひいろ》の国旗は風にはためき、ベネツィアの紋章が刻まれた黒い砲台に朝日が反射していく光景。レオーネは目を細め、夜明けの太陽を見つめた。癖のない髪が風に靡くのに任せ、海原に視線を傾ける。

「ベルテ島に着いたあとは、いよいよトルコ軍のいる海域だ。私にとっては初めての海戦だが、アンドレアは海戦の経験はあるんだったな」

「経験といっても、海賊船にいたときだ。何度か血腥《ちなまぐさ》い光景に出くわしたが、沈没していく船の乗組員ほど悲惨なものはなかった」

「沈没船か。ぞっとするな」

「大丈夫だ、レオーネのことはなにがあっても俺が護るから」

アンドレアは常に飄々とし、まわりからは扱いにくい男と言われているが、レオーネに対してだけは恐ろしいほど純粋な忠誠心を示す。

元首を輩出してきた名家の息子として生まれたレオーネは、これまでに父親の政敵や他国の密偵から何度となく命を狙《ねら》われてきた。

飲食のたびに毒が盛られていないか、衣服のなかに毒蛇が入りこんでいないか、寝ている間に刺客《せっかく》がこないか、毎日、確かめることが日課となっていた。勿論、毒殺除《よ》けのために毎食ごとに少量の毒を呑み、躰に耐性を作るようにもしてきた。

大学時代も路地で見知らぬ者から襲われることが何度かあった。

馬の蹄鉄《ていてつ》がわざと壊されていたこともあり、そのたび、アンドレアは命がけでレオーネを護ってきた。代わりに毒を口にして高熱に苦しんだり、刺客の剣を脇腹に受けたこともあった。

こうして海軍に入ったからには、これまで以上にきな臭い人生を歩むことになる。それでもアンドレアがそばにいると思うと心強く、どんな困難でも乗り越えられる気がした。

「……ところで、アンドレア、昨夜は遅くまで眠れなかったようだな。随分寝苦しそうだったが」

「知っていたのか」

「いつも一緒にいるんだ。気づかないでどうする。なにか悩みがあるのなら相談に乗るぞ」

自分よりもほんの少し長身の男を見あげ、レオーネはほほえみかけた。

「艦長から伝言が。話しかけようとしたが、眠っているようだったので」

「艦長から？」

「ベルテ島に到着した翌日、兵士の士気を煽るために騎馬剣術大会を行うそうだ。全員参加だとか」

「それは楽しみだな」

ベネツィアの人間は、騎馬戦は不慣れな者が多い。だがレオーネは何度もアンドレアとともに陸軍にも負けぬような騎馬技術を身につけ、要塞や基地での攻防戦のための訓練も行っているので腕には自信があった。

「手加減無用だぞ。身分や立場を気にして少しでも遠慮したときは…」

絶対に許さないぞ、と続けかけたレオーネの言葉をアンドレアは遮った。

「ああ。ただ……」

「ただ？」

「俺に対しても他の人間に対しても、レオーネは公平過ぎる。勿論、そのおかげで、俺のような流れ者でもベネツィアの市民権を取得できたのだが……」

「気にするな。ベネツィアは自由で国際色豊かな国家だ。市民権くらいで恩を感じる必要はない。大学もそうだ、どこの国でも優秀な者には、その国の貴族が将来性を買って援助している。いつもそんなことばかり言って。昔のことなんてなにも気にしなくていいのに。私はおまえがいてくれるだけで、嬉《うれ》しいんだから」

「……本当に人がよくて心配だ」

アンドレアがすっと手を伸ばしてくるのが視界に入った。頬に落ちた髪を掻きあげてくれるのかと思ったが、その手はすんでのところで引っこめられ、彼は自嘲するように言った。

「いや、これからはもう学生ではないんだ。海軍に入る以上は身分をわきまえないと。艦長からもそのことを言われて」

レオーネは眉をひそめ、彼に視線をむけた。

「そんな必要はない。私はおまえとはいつまでも親友でありたいと思っている。これまでどおりにしてくれないと困る」

だが彼の眸が冥く固まる。こちらを咎《とが》めるような、それでいてどこか物憂げな眼差し。なにか困らせるようなことでも口にしただろうか。

「アンドレア？」

顔を覗きこむと、彼は気をとり直したように笑みを浮かべた。

「ああ、勿論、これからもレオーネを命がけで護っていく気持ちに変わりはない」

「その気持ちはありがたいが、おまえの命はおまえのものだ。大切にしてくれ」

「俺への心配は無用だ。俺の肉体、命はすべてはあなたのものだから。元首が海と結婚した日、レオーネに助けられてからずっと」

これも子供の頃からのアンドレアの口癖だ。

レオーネに助けられた……。昔はそう言われることが誇らしかった。だが最近はその言葉を耳にすると胸が痛くなる。なぜか心の底に穴が開き、冷たい海水が入りこんでくるような、淋《さび》しさを感じるときがあるのだ。彼の人生を自分が縛りつけているのではないか、彼にはもっと別の大きな可能性があったのではないか——と。

やがて目的地のベルテ島の姿が見えてきた。

島に近づくにつれ、海流が変化し、船底にあたる波の音が荒々しくなってくる。

「この海域……覚えが」

「どうした、急に」

「海賊にいた頃、通った場所だ。あの島の形、はっきりと覚えている」

手すりに手をかけ、アンドレアが目を細める。海原から吹きつける風が彼の前髪や後ろに束ねられた髪を靡かせ、地中海のまばゆい陽射しが褐色の肌を艶《つや》やかに照らす。

「自分の家族を捜したいと思ったことは？」

彼はイタリア語以外に、トルコ語とアラビア語、ギリシャ語を理解していた。

それにイスラム教徒らしき生まれの名残として割礼の痕跡《こんせき》があった。といっても修道院に引きとられる前の記憶はないらしい。

「どうして家族を？」

「その肌の色や風貌からして、おまえはトルコの血を引いていると思う。おまえがあずけられていたクロアチアの修道院もトルコに近い場所だ。トルコに行ったら、もしかすると家族がいるかもしれないぞ」

考えてみれば、トルコ相手の戦争に参加させるというのは酷なことだ。さっきからなにか言いたげなのは……そのことなのだろうか。

そんなふうに案じていたが、彼は困惑した顔で切り返してきた。

「じゃあ、レオーネも一緒にトルコの人間になるのか」

「私が？　どうして」

「俺の故郷はベネツィアで、家族はレオーネしかいない。レオーネがトルコの人間にならないのなら、俺もトルコには行かない」

では、彼が悩んでいるのはこのことではなかったのか？

「本当に俺のことは気にしなくていい。この誓いだけを忘れないでいてくれたら」

アンドレアが小指をかざす。

そこに光る金の指輪に、レオーネは微笑した。

謝肉祭のとき、一緒に揃いの指輪を手にして、生涯の友情を誓ったことがある。ベネツィアの海と同じ色をしたエメラルドがついた指輪だ。ふたりとも大きく成長し、今では小指にしか嵌《は》められなくなってしまったが、いつもそれは当然のようにふたりの左手の小指に耀《かがや》いている。

「そうだな、おまえはベネツィア人で、私の家族だ。これがふたりの指にあるかぎり、私たちはいつも一緒だ」

子供同士のたわいもない約束だった。生涯に亘って有効なのかどうかはわからないけれど、指輪があるかぎり、自分たちは原点に還《かえ》れるのだという確信を抱くことができた。

ベルテ島に到着した翌日、騎馬剣術大会が行われた。

島の中心にある教会前広場には、ベルテ島の要塞の警備に当たっていた兵士たちも加わり、盛大に行われた。

十字軍の頃の騎士のように甲冑《かっちゅう》を身につけ、騎馬に乗り、それぞれ槍《やり》と盾を手に、腰に剣を携えて陸軍の兵士さながらに戦いあう大会。

海の男が陸戦の騎馬大会に挑戦するという面白みも加わり、ベネツィア海軍の関係者だけでなくベルテ島の住人も集まり、大会が行われる広場には出店も現れ、島全体がお祭り騒ぎに包まれていた。菓子や酒が積まれた山車《だし》や花火、花で彩られた車、仮装大会……と色とりどりの集団が広場に集まっている。

にぎやかな喝采とともに大会は始まった。教会の前に用意された仮設テントのなかには、艦長や他の海軍幹部が並んでいる。

騎馬に乗った兵士が一対一で戦うトーナメント方式での大会だ。ふたりでよく剣術の稽古をしているため、レオーネとアンドレアは他の兵士たちよりもこうした戦いに慣れている。互いに難なく準決勝までを勝ち抜き、決勝戦で対戦することになった。

「アンドレア、手加減は無用だぞ」

「ああ」

鐘が鳴り響き、楽隊のラッパの合図とともに決勝戦が始まった。

対極の位置に馬を移動させ、馬腹を蹴《け》り、互いに盾と槍をもって馬を交錯させていく。そしてすれ違いざま、それぞれの槍を盾で躱《かわ》す。

一度目。黒い甲冑をつけたアンドレアの槍の先が、銀の甲冑姿のレオーネの腹部をかすめそうになる。あわや落馬の危機。しかし手綱を掴み直し、もう一度振りむき、相手にぶつかるほどの勢いで馬を走らせていった。

二度目は互いの盾をつきあうような形になった。

「うっ！」

衝撃でレオーネは盾ごと弾け飛ぶように落馬した。だが勢いがあまったようにアンドレアもバランスを崩し、馬から落ちてしまう。

落馬のはずみでふたりの槍は半分に折れる。今度は剣と剣とで戦うこととなった。頭上の太陽がまばゆくきらめくなか、剣を交える音が広場に響き渡る。

「くぅっ……」

剣を躱していくうちに、次第に腕が痺《しび》れ、手首の感覚が失われていく。

――ダメだ……いつからアンドレアはこんなに強くなったのか。

完全な力の差に圧倒される。はっきりとそれを認識した次の瞬間、互いの剣と剣とが胸の間で十字にぶつかりあう。

このままでは後ろに倒されてしまう。もう駄目だ。そう思いながら必死に踏みしめる足に力を入れる。そのとき、視界の端で、彼の手が剣の柄《つか》を手放そうとしているのが見えた。

「え……」

目を疑った瞬間、ゴトッという重い音とともに彼の剣が地面に落ち、レオーネの剣の刃が彼の甲冑の腹部にぶつかっていた。

「……参りました」

彼は盾も地面に落とし、完全にレオーネに負けたことをまわりに示した。

――どういうことだ……今……彼の手から剣が。

広場に湧き起こる歓声と拍手。

さすがフォスカリ家の次男だと称《たた》えられながらも、レオーネは腑《ふ》に落ちない顔で、アンドレアのあとを追った。

「アンドレア、今……」

わざと負けたのか。そう訊こうとしたそのとき、後ろから艦長に肩を掴まれる。

「どうした、早く、優勝者への表彰をうけなさい」

レオーネはかぶりを振った。

「待ってください。アンドレアに用が…」

「彼のことはいいから、早くくるんだ。君が優勝したほうが兵士たちの士気があがる。さあ、みんなからの祝福をうけるんだ」

意味深な艦長の眼差しと言葉。兵士たちの士気があがる……ということは……。

「艦長……では」

レオーネはごくりと息を呑んだ。

「コルフ島沖の海にナポリ軍が現れたという情報が入った」

「ナポリ軍が？　やはりトルコとナポリが手を組むことになったのですか」

「我々は彼らの同盟を阻止せねばならない。今夜、出航する。明日は海戦になるかもしれない。だからこその必要な演出だった」

そういうことか。レオーネは冷めた顔で視線を落とした。寒々とした空気が胸に流れこんでいく。

「ベネツィアを象徴する金の獅子の如き君が、トルコ風の顔立ちをしたアンドレアに勝利することは、ベネツィアの勝利を天が導くという迷信を兵士たちにもたせることができる。これも作戦だよ」

兵たちに迷信を信じこませることも必要だ。戦いを勝利に導くための心理作戦のひとつである。よい予言は兵の士気をあげ、不吉な予言は兵の士気を落とす。それゆえ艦長はあらかじめアンドレアに命じていたのだ。レオーネに負けろ……と。

「さあ、レオーネ、早く」

心は晴れなかったが、大勢の兵士や住民がとり囲むなか、レオーネは艦長から優勝者としての名誉ある月桂樹《げっけいじゅ》の冠を受けた。

「アンドレア、どこにいる、さっきのことで話がある」

表彰が終わったあと、天幕に戻ったレオーネはアンドレアの姿を探した。すると後ろからフランコ艦長が話しかけてきた。

「レオーネ、待ちなさい。あれも必要な作戦だと説明したはずだ」

「わかっています。ただ私は彼の口から理由を…」

「彼に罪はない。こういうことが軍の作戦に必要なことだというのは、君も十分承知のはずじゃないのか」

そんなことはわかっている。けれど試合の前に、どうしてアンドレアは、自分に報告しなかったのか。

艦長から秘密裏にと言われていたにしても、これまでのふたりの関係に信頼を抱いていれば、アンドレアはレオーネに、ひと言、相談したはずだ。

「ですが、アンドレアは私の従者です。やはり主人である私に先に相談をして…」

「そのことだが、レオーネ、きみに相談がある」

けわしい顔をした艦長に肩を掴まれる。彼はまわりに人がいないのを確認するようにあたりを見まわしたあと、小声で耳打ちしてきた。

「アンドレアを私に貸して欲しいんだ。元首の許可ももうとってある」

「え……」

貸してくれ？　それは彼の部下にしたいということなのか。

「彼のあのトルコ風の顔立ち。トルコの海軍に潜入させれば、闇の暗殺者として大いに役立つと思わないか」

レオーネは硬直した。

「闇の暗殺者……って」

「アンドレアは、君の命令なら何でも聞くそうじゃないか。君からも命令してくれ。彼ほど最適な者は他にいない。私の部下にすることにもし彼が納得しないのなら、君の密偵という形にするようにと元首がおっしゃっていた」

「……っ」

闇の暗殺者……。君主や元首を始め、多くの権力者はその栄光の陰に多くの『闇の暗殺者』を抱えている。それが今の世の習いだ。

組織を統治し、平和に過ごしていくため、邪悪な存在を秘密裏に始末しなければならないのだ。

だが『闇の暗殺者』として生きている者の末路は憐《あわ》れだ。敵に殺害されなかったとしても、秘密を知る者として最終的には自身の主君に口を封じられることも少なくない。法王庁で多用しておきながらも表向き教会は、天国の門をくぐれない穢れた者として忌み嫌っている。

忠実で、能力が高い者が選ばれるが、天寿をまっとうした者は殆どいない。

――確かに……アンドレアなら最適だ。彼の能力の高さに父や艦長が目をつけても仕方ない。あの風貌ならトルコ軍に潜入しても違和感はないだろう。

その上、彼には肉親がいない。彼が秘密裏に暗殺されたとしても、政治的な問題にはならない。

——だけど……そんなことは……絶対に私が許さない。

しかしすでに元首である父の許可をとっているのだとすれば、レオーネの一存ではそれを覆すことはできない。艦長はアンドレアに快く承諾させるために、レオーネを利用して命令させようとしているだけだ。

ここでレオーネがかたくなに拒んだとしても、元首命令として無理やりトルコ軍に密偵として送りこまれる可能性が高い。

「レオーネ、海上でトルコの艦隊に近づき、白兵戦になったときにアンドレアをそのままむこうの艦に乗船させる。ガレー船の漕ぎ手のなかにまぎれこませるんだ。彼の顔立ちなら疑われることはない」

海上で。では、艦長はすぐに彼を敵船に乗りこませるつもりだ。このままだと、アンドレアは、先ほどの試合のとき同様に理不尽な職務を命じられてしまう。

それがベネツィア海軍のため、ひいてはレオーネのためだと言われれば、彼は何のためらいもなく、トルコ海軍に潜入するだろう。

それがレオーネの地位向上のためになると思い、自ら率先してでも危険な職務につこうとするような男だ。これまで刺客から命がけでレオーネを護ろうとしてきたことからも想像がつく。

「……わかりました」

レオーネはひと息つき、にこやかに微笑した。

「彼を使いたければ、どうぞ」

「いいのか。君があっさり彼を切り捨てることを承諾してくれるとは思わなかったよ。お気に入りの従者じゃなかったのか」

「従者の代わりはいくらでもいます。所詮は……トルコの血を引く出自もわからない者です。その代わり、私をあなたの艦の副艦長にしていただけるのでしたら喜んで」

一《いち》か八《ばち》か。うまくいくかどうかわからない。けれど急を要する今、これ以外に方法はないと思った。

アンドレアを護る方法……。今の自分に思いつくのはこれだけだ。

「ああ、それは勿論だ。君を副艦長にしよう」

「では、そのバッジを私の胸につけてください」

レオーネはフランコの胸についているバッジを自分の胸につけさせた。

艦長同様の権力を持つ印。このバッジをつけていれば、自分の一存で乗組員の選別をすることができる。そう、アンドレアを艦から下ろすことができるのだ。

――時間がない。船はすぐに出航する。アンドレアが船に乗ってからでは遅い。彼を同じ船に乗せないようにしなければ。

レオーネはバッジを胸につけたあと、アンドレアを捜しにむかった。


「ここにいたのか、アンドレア」

アンドレアは波止場近くの小屋にいた。乗船の準備をする兵士たちが集まっている場所で、すでに船に乗る準備を済ませて待機していた。

レオーネはまわりに兵士たちがいることを確認すると、あえてその前を横切り、アンドレアの前にむかった。そしてその胸ぐらを掴んだ。

「正直に言え。……艦長に言われてわざと私に負けたんだな」

レオーネは威圧するように問いかけた。

「なぜそう思う」

アンドレアは癖のない前髪のすきまからレオーネを見据えた。

「おまえが手を抜かなければ私は完全に負けていた。正直に言え」

腕を掴み、問いただす。しかしアンドレアは返答しない。眉間《みけん》にわずかに皺《しわ》をよせ、返答することを拒否するかのように。

「何とか言えっ！」

レオーネはわざと声をあげた。ざわりとあたりが騒がしくなる。他の兵たちの視線が一斉にふたりに注がれるのを確認し、レオーネはアンドレアの頬に手をあげた。

「……っ」

弾けるような音。かすかに口元を歪めたが、すぐにアンドレアは表情を引き締め、鋭利な眼差しでレオーネを睨みつけた。

「おまえに命じる。しばらく謹慎だ。明朝の出航にはついてこなくていい」

アンドレアが肩で息を吐く。ひどく冷めた表情を見せ、きわめて冷静に問いかけてくる。

「謹慎？　理由は？」

「おまえは主人である私の自尊心を傷つけた。しばらく謹慎して頭を冷やせ」

海戦の前に、父に使者を送るつもりだった。

アンドレアを密偵にする命令を撤回して欲しい、もし彼を密偵にするのなら、自分もトルコに行き、彼とともに諜報《ちょうほう》活動をする――と。

一週間ほどで返信がくるだろう。それまではアンドレアを船に乗せたくない。艦長が彼にあのことを命令できないような、その状況を作りたかったのだ。

勿論、このことはアンドレアには言えない。忠義に厚い彼のことだ。「俺のために、そんなことはしないで欲しい」とレオーネを止めるだろう。

私情で動く士官としてレオーネの海軍内での立場が悪くなり、出世が遅れる可能性があるからだ。なにより海軍幹部のフランコの意志に逆らうことになる。

アンドレアはそんなことは望まない。これまで彼自身が保身のためになにかを強く望んだことはないのだから。

だがレオーネには我慢ならなかった、アンドレアを密偵にすることなど。そのようなことに、大切な従者が利用されてしまうことが。

「俺はレオーネの影になるために、海軍に入ったはずではなかったのか。レオーネを護るという使命のために……」

「私には影は必要ない。私を護るなど思いあがるのもほどほどにしろ」

眸に冷たい焔のようなものをよぎらせたあと、彼は無感情な声で言った。

「そういうことか。俺を捨てることにしたのか」

「捨てる？」

「俺のようなものがそばにいるのが疎ましいんだろ。もう俺が必要ないというわけか」

「なにを言っている、私はただ謹慎しろと言ってるだけだ」

胸が痛んだ。大人げなく怒っているレオーネにさぞ失望しているだろう。いくつになってもどうしようもない子供だと思っているかもしれない。

だが、今はなにを思われてもいい。彼を密偵にさせずに済むのなら。

騎馬大会のことでつむじを曲げたレオーネが、大人げなくアンドレアと喧嘩《けんか》し、副艦長の権限を使って彼を謹慎させたというシナリオ。そのため、彼は船に乗ることができなかった……という流れにもっていきたいのだ。

「いいな、おまえは基地に残れ。船に残ることは許さない。これは上官命令だ。副艦長として、正式におまえに命じる」

レオーネはきっぱり言い切ると、彼に背をむけた。

まさかそれが最後の語らいになるとはこのときは想像もしなかった。ただ時間が欲しかったのだ。父に使者を送り、元首命令をくつがえすための時間が。


アンドレアを基地に残し、レオーネは艦隊とともに出航した。

それまで基地の守護に当たっていた軍隊も加わり、ベネツィア海軍の勝利を誰もが確信していた。

初めてひとりで過ごす旅。甲板に出て手すりにもたれかかり、じっと離れていくベルテ島の光を見つめているうちに、レオーネは、これまでの人生のなか、いかにアンドレアが自分にとって身近な存在だったのか、改めて実感していた。

だからこそ、まわりの人間がその身分ゆえに平気で彼を切り捨ててもかまわないと考えるのが許せないのだ。

——いくら私が気に入っていたとしても、父や軍幹部の命令なら従わなければならない。

このままだとアンドレアは……まわりから利用されてしまう。私がまだ何の力もないゆえに。生まれながらの身分以外に、まだなにも持っていないゆえに。

歯がゆい想いを胸に抱き、レオーネはじっと波の音を聞いていた。

静かな夜の黒々とした海。島はもう見えない。脳裏にはアンドレアの哀訴するような声が響いている。

『俺を捨てることにしたのか』

その声を振り払うようにレオーネはかぶりを振った。

そんなことは考えたこともない。でもきっと彼はそう思ったはずだ。

——捨てたりしない。誰がそんなことをするものか。彼の人生を犠牲にしたくないだけだ。彼が自分にとっては本当に大切な存在だから。

そう思ったとき、ふっとひとつの単純な想いがレオーネのなかをよぎった。

——そうだ、護るべきは私のほうだ。彼の存在を、自分との絆《きずな》を護っていこう。

海軍で活躍し、自分が彼を護っていく。島に戻ったら、そのことを告げるのではなく、今までどおりそばにいて欲しいとだけ言う。そしてこの間は子供じみたことをして済まなかったと謝罪し、これからも従者として支えて欲しいと頼む。

その一方、自分は海軍のなかで努力して、彼を護れるだけの地位と実力のある男になってみせる。知らないところで、彼にわざと負けるような命令をされることがあったり、彼を密偵にしなければいけないような状況にならないようにするには、レオーネ自身が一回りも二回りも大きくなっていかなければならない。それだけの男になる。

航海の途中、レオーネは強く決意を固めていた。

やがて船は、トルコ軍がいると言われていた海峡に近づいていった。

しかし丸一日かけてむかった場所には、ギリシャの漁船や商船が何艘か停泊しているだけだった。海軍どころか海賊もいない。

「どういうことだ。軍艦のひとつもない」

「まさか……はめられたのか」

艦長はすぐに後方に引き返すように命令した。

何艘ものガレー船が一斉に方向転換して、荒々しく海を進んでいく。

ベルテ島がどうなったのか、自分たちは果たして本当に罠《わな》にはめられたのか。焦燥のまま船は猛スピードでベルテ島への帰路を急いだ。

そして夜半過ぎ、船はベルテ島の近くまで戻ることができた。

そのとき、船上のむこう——ベルテ島のある海原に赤々と燃えあがる焔が見えた。

「トルコ軍だ。罠だったのか。我々を偽の情報で誘《おび》きだし、手薄になったところを」

ベルテ島の要塞には巨大な大砲の数々があり、それがトルコ軍にむかって次々と砲弾で攻撃しているのが遠くからもわかる。

しかし圧倒的な兵の数が違った。トルコ海軍に囲まれ、岩盤で守られた小さな要塞に次々と大砲を打ちこまれ、一瞬にして基地が壊滅していくさまが遠くの海原からでも確認できた。

「早く、早く戻って島を救わないと。どうして船を進めないのですか!」

レオーネは艦長に訴えた。しかし艦長は静かに言った。

「あきらめる。撤退だ」

一瞬、艦長がなにを口にしているのか。理解できなかった。撤退など考えたこともなかったからだ。

「待ってください。あそこにはアンドレアが。商人や住民、それに我が軍の兵士たちも何十名かが残っています。彼らだけでは一時間ももちません」

「だからだ。見なさい、あちらの海を」

艦長に言われ、島とは反対側の海を見た。勢いよくこちらに近づいてくるガレー船。そこにはナポリ王国の旗が高々と掲げられていた。トルコとナポリが密約を結び、我々の船を挟み撃ちにするべく計画していたことがわかった。罠にはめられたのだ。

「撤退する。一刻も早く安全なところに。でなければ海軍が壊滅してしまう」

単独の海軍力では、その二カ国よりもベネツィアのほうが強い。しかし双方の国が手を組んだのだとすれば……ひとたまりもない。

「島から、我々の船は見えています。きっと住民や兵士は我々の援軍を信じて、トルコ軍に応戦しているはずです。それなのに我々が撤退したら……」

「レオーネ、ベネツィア海軍本隊の船団を、基地の住民数百人ときみの従者のために犠牲にすることはできないんだよ。わかってくれ」

「アンドレア……」

どうして彼を島に残してしまったのだろう。

激しい後悔の念と、せめて生き残って欲しいという祈りがレオーネの胸を交錯した。

しかしアンドレアだけでなく、島にいたベネツィア海軍の兵も要塞もトルコ軍本隊を前に全滅してしまった。


一夜のうちにベルテ島は陥落し、トルコに奪われてしまった。生き残った住民と商人たちは多額の身代金を払うことで数カ月後にベネツィア海軍に引きとられたが、そこにアンドレアの姿はなかった。

——やはり彼は……。

生き残った商人たちが何人もアンドレアの最期を見ていた。

「彼は島で待機していたベネツィア軍とともに、島に乗りこんできたトルコ軍と果敢に戦っていましたが……」

軍は全滅……。アンドレアの遺体は、敵兵の手で海に流されたらしい。

「海上にいるベネツィア海軍が必ず助けにくるからと我々を励まし、ご自身も懸命に戦われていました」

ベネツィア海軍が海のむこうに去っていくのを見届けたあとは、住民や商人を励ますのをやめ、彼らを安全な場所に匿《かくま》うことに終始した。

「軍は我々を見殺しにしたが、最後まであきらめないでいよう……と言って彼は住民を励まし、護ろうとされました」

見殺しにした――。

船が遠ざかる姿を見たとき、彼はどれほど絶望したことだろう。

「我々が助かったのはアンドレア様のおかげです。彼が安全な場所を確保してくれたおかげで多くの住民が助かったのです。その代わり、彼は……多数のトルコ兵と戦うことになり、血まみれの果てに凶弾に倒れて」

彼の姿を最後に見たという商人は涙ながらにそうレオーネに語った。

「もしどこかでフォスカリ家のレオーネという方に会ったら……これを渡して欲しいと」

商人のひとりが大切そうに指輪をとりだした。ふたりで買った揃いの指輪だ。

「彼は言ってました。自分は金の獅子から捨てられたのだと」

では、彼は捨てられ、見殺しにされたと思いこんだまま、逝《い》ってしまったのか。怒りのまま、大人げないことをした主人に失望したまま。

「こんな……こんな指輪だけを残して……どうして」

レオーネの眸から大粒の涙が流れ落ちた。次から次へと涙があふれて止まらない。

――傷つけたまま逝かせてしまった。彼を護りたくて口にした嘘を信じたまま。

さぞ孤独だったことだろう。さぞ傷ついたことだろう。

『金の獅子に捨てられた』

違う、捨てたのではない。戻ったら、きちんと謝って、自分の気持ちを伝えるつもりだったのに。そばにいてくれと。ふたりでずっと一緒にいるために。

「それなのに……海に還ってしまうなんて」

――私が……殺した。

幼なじみにして、親友。そして最も大切な従者……。永遠に彼を喪ってしまった。もうアンドレアはいない。死んでしまったのだ。

それから四年が過ぎた。彼を喪ったこと、彼を助けることができなかったことへの深い後悔は、今もレオーネの心を暗い影で覆っている。

Ⅲ　トルコからの使節―Una missione da Turchia―

その朝、到着したオスマン・トルコ帝国からの使節団を乗せたガレー船は、ベネツィア市民を不安にさせないため、できるだけ目につかないよう、サン・マルコ広場の船着き場からほど近い沖に停泊した。

まばゆい陽射しが降り注ぐなか、あざやかな白のターバンを頭に巻いた特使が数人の従者を連れて船から降りてくる。

ゴンドラに乗ってゆっくりとサン・マルコ広場の船着き場へと近づいてくる一団。

やわらかな風、静かな波音、それにカモメの声。警備兵たちが縄を張ったむこうのサン・マルコ広場には、ベネツィアの市民が大勢詰め寄せている。

彼らが近づいてくるにつれ、広場にざわめきが広がっていく。

背の高い、しなやかな体躯の男性が中央に佇んでいる。

――あれが特使のデニズ・アイ・パシャだろうか。

レオーネは逆光に目を細め、男の姿を確かめた。

ゴンドラが近づくにつれ、頭上の陽光が特使の顔をはっきりと照らしていく。その貌が
はっきりと目に入った刹那《せつな》、レオーネの鼓動は激しく脈打った。
「―――――っ！」
広場全体にその音が聞こえてしまうのではないかと思うほどの激しさで、ドクドクドク
……と胸の音が鳴り響く。
「どうして……そんな……」
太陽がまばゆく照りつけるなか、一行が波止場に降り立ったそのとき、レオーネのまわ
りにいた元老院議員の間からもざわめきが漏れた。
――まさか……。
白いターバンから乱れ落ちた長めの黒い前髪。不揃いな髪を後ろでまとめている。静か
に近づいてくる男の姿を、レオーネは瞬きも忘れてじっと見つめた。
濃艶なまで男の色香を滴らせた闇色の双眸、褐色の肌。そして人に馴《な》れない獣のような
警戒心に満ちた空気。
「……バカな……」
アンドレアなのか？　目の下にくっきりと刻まれた、その三日月のような形。アンドレ
アの傷と同じ形のものだ。
がくがくと膝が震え、息が吸いこめない。今にも胸が破裂しそうになっている。

瞠目《どうもく》したまま、息を止め、胸の音だけが爆発しかけている。

驚いているのはレオーネだけではない。まわりも騒然としている。ここにいる元老院や共和国の役人に、アンドレアのことを知らない者は殆どいない。

驚愕《きょうがく》する人々を気にする様子もなく、ゆったりと歩いてきた特使はベネツィアの元首の前で立ち止まった。

信じられないものを見るように呆然《ぼうぜん》としているレオーネの前で、デニズ・アイ・パシャがベネツィア訛《なま》りのイタリア語を口にした。

「初めまして。私が特使のデニズ・アイ・パシャです。以後、お見知りおきを」

その声。懐かしくも切ない、低く厚みのある声だった。


一行はフォスカリ邸へと移動した。この館で、夜には特使たちを歓迎する祝宴が催されることになっている。

フォスカリ邸の場所は、大運河《カナル・グランデ》がSの字を描いて流れる裾部分に位置するサン・マルコ地区。元首宮殿から歩いても十分とかからない場所だ。邸宅の正門は、運河に面した黒い鉄柵《てっさく》の扉で、そこからゴンドラを使って建物のなかに入る。

「……アンドレアどのが……どうしてトルコに……」

一行を乗せたゴンドラが邸内に到着すると、使用人たちが唖然《あぜん》とした顔で彼を見た。

「どうぞ、我が家に」

どうして彼が特使になっているのかがわからないままである。

しかし相手は公的な使節団だ。狐《きつね》につままれた気分だったが、レオーネは兄とともに丁重にアンドレアの一行を館にむかえた。

「私と義母上は祝宴の準備をしてくる。レオーネ、そなたは特使どののお世話を」

兄にそう言われ、一階にある中庭に面した広間に案内する。

「特使どの、よろしいですか。話があります」

邸内に入り、予定どおり彼を控え室に案内すると、レオーネは彼に声をかけた。アンドレアかどうか確かめるのは、ふたりきりになれる今しかないと思ったからだ。

「はい。私からも質問があります。人払いを」

鼓動が音を立てて脈打つ。

この男はアンドレアだ。そう確信しながらも、まるで過去などなかったかのような、そのあまりに他人行儀な態度に戸惑いを覚える。

彼の目的は何なのか。どうしてトルコの特使になっているのか。どうしてこの間の謝肉祭であんなところにいたのか。どうして話せない振りをしていたのか。どうして他人の振りをして自分に街を案内させたのか。

訊くのはたやすい。けれど、一体、どんな答えが返ってくるのかと思うと、どう尋ねればいいのか、なにから話せばいいのかがわからない。

「……質問とは？」

問いかける声が震える。彼は、こちらの思惑など気づいていないような、さわやかな声で尋ねてきた。

「誰もが私を見て驚きます。やはり私は過去にここにいた人間なのですね」

「え……」

「この天使の絵にはっきりと見覚えがある。この古い階段にも」

その言葉。天使をアンジェロとは言わず、アンゼロと発音するのは、ベネツィアの人間特有のものだ。古いをベッキオではなく、ベーチォと発音するのも。

「この家の匂《にお》いに記憶がある。あなたたちの言葉も理解できる」

中庭に面した廊下に出ると、彼は上空を仰ぎ見た。たわわにレモンやマンダリンが実った木々、小さな井戸を囲み、色あざやかな花が咲き乱れる中庭は、アンドレアがいた頃と何ら変わりはない。

「そなたはアンドレアなのか？　四年前までここにいた…」

「多分」

「多分？　どういう意味だ」

「言葉のとおりです。おそらく……この中庭にもいたことがある。あなたとも会ったことがある。そしてこの国の言葉も知っている」

「待ってくれ。なにを言ってるんだ。この中庭で、私とよく剣の稽古をしたではないか。それに言葉だって、そのベネツィア訛りのイタリア語。そなたのイタリア語はあきらかにこの街で育った人間のものだ。そなたはアンドレアだ、それなのにどうしてトルコの使者になっている。何の目的でそんなことをしている」

声の語尾が荒立つ。まったく訳がわからない。疑問が多すぎて混乱する。

「記憶がないのです。私は自分が何者であったかわからないのです」

「……！」

レオーネは目をみはった。記憶がないというのはどういうことか。

「記憶がない……だって？」

「ええ。四年前、海に流れていたところ、スルタンの船に拾われて奴隷となりました。その後、紆余曲折《うよきょくせつ》を経て、今の地位まであがってきましたが」

腕を組み、アンドレアがあたりをぐるりと見まわす態度。かつての彼にはなかった尊大さがにじむ。大帝国のスルタンの側近という自尊心の現れか。

「やはり私はこの街の人間だったのですね」

「……私のことは……本当になにも覚えていないのか」

問いかけると、彼はじっとレオーネを見た。

鋭利な視先に、皮膚の内側まで炙《あぶ》られるような気がする。

かつての彼はこんな目で自分を見なかった。もっと優しく、慈しむような視線しかむけられたことがない。

だが、この眼差しに見覚えはある。初めて出会ったときのような、誰にも心を許していないときの彼の目。

ふたりの間に見えない壁が存在する。その壁のむこうから敵国の人間をじっと偵察するような、そんな視線をむけられていた。

「あなたは謝肉祭のときの金髪の彼ですね、私を金貨数十枚で購入された……」

やはりあのときの男はアンドレアだったのか。

購入……という言葉に皮肉の色を感じたが、言い訳をする気はなかった。

「特使どの、このベネツィアでは、謝肉祭で仮面を被っているときのことは、あとで話題にしてはいけない。口にしないのがこの街の礼儀です」

「承知しました。でも、ひとつだけ答えてください。あのとき、あなたがおっしゃっていた過去の知人というのが、私のことですね」

「……ああ」

うなずくと、彼はうつむき、自嘲気味に嗤った。

「私を見殺しにしたというのも本当ですか」

どう答えていいかわからなかった。そうだとも、そうではないとも言えない。ちらりとレオーネを横目で一瞥すると、彼は肩で息を吐いた。

「いいでしょう。済んだ話は。いずれにしろ私の記憶にはないことです。今の私はトルコの人間で、スルタンより重要な任務を仰せつかった立場」

「……そなたのことを何と呼べばいい？　この街では、アンドレア・ステファノと呼ばれていたが、トルコではデニズ・アイ・パシャと呼ばれているそうではないか」

アンドレアは黒い双眸を眇めた。

「公的な場ではトルコの名で。私的な場では、あなたの呼びやすいほうでけっこうです。どちらでも私自身に変わりはありません」

そう言われると、何と呼んでいいかわからなくなる。

記憶を失ったというのは本当だろうか――と疑いの目をむけてしまいそうになるほど、そこにいるアンドレアの姿は、昔とそう変わらない。だがめずらしげに中庭の木々や井戸の細工を見ている眼差しは、この地に初めてやってきた者のそれだ。

「中庭を見てもなにも思い出せないのか。そなたは、あの部屋に住んでいたんだぞ。十歳のときからずっと」

レオーネは二階の窓を指さした。彼は一瞥したあと、「いえ」とかぶりを振る。

「わかりません」

「トルコのスルタンはそなたの前身を知らないまま、側近に取りたてられたのか？」

「彼は、常識破りなお方です。すべてをご存じの上でわざと特使に選ばれた可能性もあります。勿論、なにもご存じない可能性も。こちらで知ったこと――自分が元首の家の使用人だったという報告の手紙を送るつもりですが」

「ベネツィアの密偵と疑われる可能性があるぞ」

「スルタンの性格は理解しています。すべてはアッラーの思《おぼ》し召《め》しととらえられることでしょう」

彼は優雅に微笑する。表情から、彼がいかに今のスルタンを信頼しているかが伝わってきた。そしてスルタンがどれほど彼を信頼しているかも。自分たちのような関係ではなく、大人の男同士の信頼関係。そんなものが彼とスルタンの間に流れている。

――なぜ……よりにもよってトルコに。しかも記憶をなくして。これが神の決めたことだとすれば、何という皮肉か。

四年前まで彼が当然のようにいた空間に、過去の記憶を失ってしまった彼がいることの奇妙な違和感。なぜこんなにも違うのに、目に見える風景は同じままなのか。

「では、部屋に案内しよう。そなたの部下たちにも部屋を用意した。夜会まで時間がある。ゆっくり休まれるがいい」

トルコの使節団には、用意した敷地内にある来客用のヴィラ。

レオーネはネロに命じ、アンドレアの部屋に残したままにしていた書籍や衣類を彼の部屋に運ばせた。少しでも記憶が甦《よみがえ》れば……という思いからだった。

彼の滞在するヴィラの前には訓練された兵士たち。一階はアンドレアの部下に。安全性を重視し、二階の奥まったところにアンドレアの部屋を用意した。

ベネツィア様式の木製の天井に、木組みの窓枠がなされた部屋。緋色の天鵞絨《ビロード》の布が張られた客室を選んだ。蔓草《つるくさ》が彫刻された円卓の前に進むと、そこに積まれた書籍を一瞥し、アンドレアは目を細めた。

「変わった本が置いてありますね。航海術、火薬の扱い方、狩りの本、歴史、天体学、それに法律……」

「それは、ここにいたときにそなたがよく読んでいた本だ」

アンドレアは書籍を手にし、パラパラと頁《ページ》をめくっていった。

「本の内容は……知っています。自分が勉強してきた内容は忘れていないようですね」

「では、失ったのは、そなた自身が歩んできた時間だけ……ということか」

アンドレアはすぐには言葉を返さなかった。数分ほど円卓の上の書籍や地図等を確かめたあと、独りごとのようにボソリと呟く。

「はい」

「……この間の謝肉祭にはどうして」

「近くにきていたので、この街の有名な祭りに参加しようと思って大道芸人に紛れこみました。用心棒を募集していた座長から口の利けない流れ者という役を与えてもらって」

「本当は偵察が目的だったのでは？」

腕を組み、レオーネは静かに問いかけた。

「……ええ」

かつての自分の従者が宿敵のスルタンの側近となり、この国に偵察にやってきている事実に慣れることができない。

否、慣れるわけがないのだ。そんな皮肉があっていいものか。

「それで……私はあなたの何だったのですか」

「私の従者だった。子供のときに海賊船から逃げ出し、この国に流れ着いたときから。ボローニャの大学を卒業したあとは、私とともに海軍に。そしてベルテ沖に初陣にむかって。そのときに戦死したと思われていたが、おそらくあとでトルコのスルタンの船に……」

「そしてトルコでのしあがり、謝肉祭であなたと知りあった」

「知りあったのではない。もともと知りあいだったのだ」

「私にとっては初めての出会いだった。そこであなたに恋をしました」

突然の言葉に、レオーネは驚いて顔をあげた。

「今……何と」

「あなたにベネツィアの街を案内していただいているうちに、あなたに恋を」

「バカな……」

「あのときのくちづけも、あなたを抱きしめた感触も忘れられない。この国にきたらもう一度、あなたを探すつもりだった。あなたの様子から、高位の貴族の子弟とは思っていたが、こんなにも早く再会できるとは」

腕を掴まれ、その胸に引き寄せられ、レオーネは驚愕した。

「待て……アンドレア……いや、デニズどの」

「何故こうもあなたに惹かれるのか。何故あなたが四年前の友人の死を今も引きずっているのか。謎《なぞ》だったが、ここにきてわかった。記憶を失う前、私はあなたに恋していた。そしてあなたも」

「それはなかった。そなたは、ここで私の従者として働いていた。ふたりは幼なじみで、兄弟のように親しかった。それ以上のことは一切なかった」

「私たちは恋人ではなかったのか？」

今にも息のかかりそうな至近距離で問いかけられる。黒い眸があまりにも間近にあり、ドキリとした。しかし寝台があり、あとずさることはできない。

レオーネは視線をずらした。

「ふたりの間に、そのようなことは一度もなかった。第一、我々は同性だぞ」

「では、どうしてこんなにもあなたを愛《いと》しく思ってしまうのですか」

やわらかな重みが唇に押し当てられ、身をよじったが、男の体重ごと寝台の上に押し倒されていった。

「ち、違う、そうではなくて……ん……っ」

押し潰すように唇を塞がれた。弾力のある熱を孕んだ唇に押し包まれ、必死にその胸を突っぱねる。

「ん……っ。離して……くれ。いきなりなにをする。やめろ……」

レオーネは抗《あらが》おうとしたが、完治しきっていない肩に痛みを感じ、顔を歪めることしかできなかった。そのすきに再び男の顔が近づいてくる。上着をたくしあげられ、容赦なくブラウスをはだけられた。

「やめ……っ……ん……っ」

唇を割って入りこんできた舌。絡もうとする舌先からのがれようと、かぶりを振るが根もとから絡めとられる。

生々しいくちづけ。息ができない。この間の謝肉祭のときと同じものだ。

「やめろっ！」

とっさにその頬を叩《はた》いていた。

「――――っ！」

動きが止まったすきに寝台のカーテンを開け、寝台から降りた。衣服がはだけたままだったが、気圧《けお》されまいと彼を睨みつける。

「放せ。私は従者と情交に及ぶような男ではない。立場をわきまえれば、このような真似はできないはずだ」

きつく吐き捨てるレオーネを冷ややかに見たあと、アンドレアは嗤笑《ししょう》を見せた。

「私がトルコの人間だからか。それとも従者の頃から侮っていたのか」

寝台から降り、腕を組みながら尊大に見下ろしてくる。

「違う。お互いの今の立場を考えろと申しているのだ。我々はトルコの特使とベネツィア海軍の将校として再会した。それとも……トルコの特使どのは、接待の品として、この躰をご所望なのか」

皮肉混じりに問いかけた。すると彼は面白がるような返事をした。

「それはいい。実にいい提案だ」

彼は腕を組み、レオーネを睥睨した。

こちらを射るような鋭い眼差し。口元には嗜虐的な笑み。彼の全身から漂う黒く歪んだ空気に背筋に戦慄が奔った。どうしてだろうか、以前の彼にはなかった敵愾心《てきがいしん》を感じる。彼が敵国トルコの特使として、ベネツィアの海軍士官に対するもの――というものではなく、ひどく個人的な敵意のようなものを。

「そうだ、先ほどシルヴィオどのに、褥の相手はどのような者が好みなのかと問われた。閨《ねや》の相手をあてがわれるほど不自由はしていないと伝えたが、こんなふうにお答えすればよかったかな。豪奢な金髪、緑の目をした、あなたの弟ぎみのような凛々しい将校が好みだと」

「ふざけているのか」

「私は謝肉祭で会ったときからあなたをこの腕に抱きたくてしょうがない」

悪趣味な言葉を口にすることに悦《よろこ》びでも感じているのか、以前にはない狂気を孕んだ表情に背筋に戦慄が奔った。無論それに気圧されたりはしないが。

「趣味が悪いにもほどがある」

舌打ちし、レオーネは吐き捨てるように言った。

「それでもあなたが欲しい……と言ったら？」

本気なのか、からかっているのか。おそらく後者だろう。政治的に優位なトルコの特使としてこちらを見下しているに違いない。

「冗談はほどほどに。和平交渉を円滑にすすめたければ、もう少しまともな相手を希望されたほうがいいだろう。アンド……いや、デニズ・アイ・パシャどの」

レオーネは彼の部屋をあとにした。

信じられない。自分とアンドレアが情交に及ぶなど考えたこともなかった。

あの男はもはや自分の従者ではない。トルコの特使だ。大帝国を率いるスルタンから単身で派遣されるほど狡知《こうち》に長《た》け、その胸に一物を抱え、どんな策略でもってこちらを陥れようとするかわからない存在だ。

そのことをはっきりと認識しなければ、停戦の交渉に失敗してしまう。そうなれば、ベネツィアの将来はどうなるのか。このフォスカリ家の行く末は……。


「レオーネ、話がある」

祝宴が始まる前、薄紅の夕陽《ゆうひ》が沈む時間、兄がレオーネの私室に現れた。その深刻な様子に、なにか重大なことが起きたのだということが推測できた。

「困ったことになった。明朝、ロメオ・リッピ元首の命令で、ラグーサ共和国（現ドブロブニク）にむかう。十日……いや、二週間で戻ってくる。その間、義母上《ははうえ》とともにトルコの方々の接待を頼む」

「どうして、突然、ラグーサに」

「今回のトルコとの和平交渉の件をラグーサ共和国がいち早く感づいたのだ。彼らの主力財源――塩の貿易の利権が、再びベネツィアのものになるのではと恐れたらしく、これまでの契約内容に難癖をつけてきた。すぐに説得に行かなければならない。他国に、情報が漏れる前に……」

ラグーサとベネツィアは同盟関係にあり、トルコとは不仲だ。小国といえど、ラグーサは高度な軍事技術と政治力、商才に長けた国家だ。敵にまわすと厄介である。

「ラグーサに行くことをトルコ側に知られると、こちらが二重外交をしているのではないかと疑われ、停戦の話しあいにひびが入りませんか」

「だからこそ私が赴き、ラグーサとの問題を早急に解決させるんだ」

「出来過ぎてはいませんか。トルコの特使がきたその日に、ラグーサからも密使がくるというのは。罠だということは?」

「その可能性もある。ベネツィア、トルコのどちらかに裏切り者がいるのは確かだ。今回の同盟に反対している者は多いからな」

「やはり、そうなのですか」

「ああ。だが、ここでトルコと同盟を結ばなければ、コンスタンティノープルで人質となっている我が国の商人たちをとり戻すことはできない。見殺しにはできない」

見殺し――という言葉が胸に響く。そうだ、今、和平交渉を遅らせてしまうと、人質の身がどうなるか。

「私も彼らの無事を最優先にするべきだと思います」

「心強い言葉だ。十日ばかり留守にするが、特使の接待を頼んだぞ」

「いいんですか、我が家に招いているさなかに、当主である兄上が不在になっても」

「ちょうど今、我が国の商船団《ムーダ》のひとつがラグーサ近くのコルチュラ島沖に停泊しているのは知っているな」

「ええ」

ベネツィアの商船は、商船団を組んで交易に出る。海軍に護られ、ベネツィア湾（アドリア海）を抜けて移動していくのだ。そのうちのひとつ——アレキサンドリア方面から帰還中の商船団がそのあたりに停泊しているというのは知っていた。

「商船団のなかには、我が家の船もある。特使には、積荷のことで用ができたので留守にすると説明するつもりだ」

「そのような説明で納得させることができますか?」

「商船には、東洋から仕入れた商品が大量に積まれている。そのなかにはスルタンへの献上品もある」

「絹や宝石が?」

「そうだ。その積荷から得られる収益を、そのままトルコにいる人質の身代金にあてる予定だ。共和国国会の議員たちの殆どが投資している商船団だ。大切なものなので、この目で確認したいと告げれば、彼も納得するだろう」

「だといいのですか」

「ラグーサとの問題が解決しなければ、トルコとの和平もない。我が家には私がいなくても君がいる。たよりにしている」

自分のような政治的能力のない者が兄の代理をつとめられるかどうか。しかも今のアンドレアは昔の彼ではない。得体の知れない男になっている。

「祝宴が終わったあと、明日、君は元首宮殿内の海軍省に赴き、トルコの人質の名簿の作成に専念しなさい」

「わかりました」

海軍省の鍵《かぎ》をレオーネに渡したあと、兄は改まった顔で尋ねてきた。

「で、トルコの特使——アンドレアのことだが。……記憶を失ったと言っているが、君の目から見てどう見える」

「多分、失ったのでしょう」

「これはあくまで私の仮説だが、彼は初めからトルコの密偵として、この街に送りこまれてきたのではないか」

レオーネは驚愕の眼《まなこ》をひらいた。

「まさか」

「その後、記憶を失ってスルタンの船に拾われたなどというのは、随分できすぎた話とは思わないか。最初から密偵だったと思ったほうが…」

「待ってください。ベネツィアにきたとき、彼はまだ子供でした。それに、父の儀式の現場に偶然現れるなど」

「元首の儀式の日は、聖ステファノの日と決まっている。日時をあわせ、流れ着いた振りをしたとしても問題はない」

「……兄上」

「彼がなにを目的としているのか、早急にさぐりたい。私の配下の者のなかに彼を堕とせる者がいればいいのだが……残念ながら、彼の目には君しか映っていない」

レオーネは眉をひそめた。褥の相手に希望したいと言っていたが、まさか。

「彼は兄上になにか言ったのですか」

兄は気まずそうに視線をずらした。そして遠慮がちに口をひらいた。

「……ふざけた男だ、君を褥に送りこんで欲しいなど、冗談にもほどがある。かつては従者だった分際で、フォスカリ家の人間を男娼扱いするとは」

「きっとこちらをからかって楽しんでいるのでしょう」

「いや、あの男は本気で君を欲しがっている」

「え……」

「私の目に間違いはない。だからこそ私には彼の記憶喪失が偽りに感じられるのだよ。彼の所作や雰囲気は、昔とは異質だ。だが君を見る目は変わらない。昔と同じような狂おしい目をしている」

ぞくり、と全身に鳥肌が立った。歓喜ではない。しかし嫌悪でもない。むしろ血が騒ぐような興奮といえばいいのか。

「彼は君を自分のものにしようと考えている。気をつけろ、レオーネ。彼の心には君への恋心の他に、激しい執着と憎しみとが入り交じった複雑な色を感じる」

「憎しみ……ですか」

先ほど彼から感じた敵愾心のような空気を思いだした。

「なにかあっては困るが……もしも彼が君に手を出すようなことがあったときは、これを使いなさい。ゲットーにいる錬金術師から手に入れたものだ」

兄は懐から小さな青い瓶をとりだした。そこに入っているのは毒薬か媚薬《びやく》か。小瓶を手に押しこめられ、レオーネはごくりと息を呑んだ。

「これを飲んで情交に及ぶと、絶頂のあとに意識が朦朧《もうろう》となって心地よくなり、口が軽くなる。いざというときは水かワインで薄めてアンドレアに飲ませろ。そして彼の口から、その心のなかに秘められたものをすべて吐かせるんだ。但しそのまま使用してはならない。

濃厚すぎて危険だ」

「絶頂って……そんなこと、私は」

「やれとは言っていない。君に汚れた役目を頼む気はない」

「ですが」

「いざというときのものだ。実際、この薬には驚くほどの効果がある。これを飲ませ、情交に及んだあと、私に情報を吐かなかったやつはひとりもいない。ただし男でも女でも下の粘膜に使ったときは最後、異様な快感でそれどころではなくなる」

「兄上……ひとりもって……まさか」

震える声で問いかけると、兄は艶笑《えんしょう》を見せた。燭台《しょくだい》の光が彼の端麗な相貌をくっきりと浮かびあがらせ、目元や口元に妖しくも冴えた翳りを深く刻んでいた。

「私はベネツィアのためなら、悪魔にでも魂を売ることができる。フォスカリ家の当主である以上、綺麗なままではいられない。私は自分を穢《よご》してでも護るべきものを護っていかなければならない立場なんだよ」

何の迷いもない兄の姿。彼はすでにその手も肉体も心も汚してきている。そのことがはっきりとわかり、全身が震えた。

「レオーネ、彼の記憶喪失が偽りだった場合は、裏切り者として彼を秘密裏に闇に葬らなければならない」

レオーネは顔をこわばらせた。

「そんな……彼を暗殺するということですか」

「記憶喪失が偽りだった場合だ。だが記憶喪失が真実ならば、過去はなかったこととして、本物の使節として丁重に接する。とにかくそれがわかれば……」

深々と兄がため息を吐く。

「兄上がお留守の間に、私がこの薬を使って確かめればいいのですか」

「いや。その薬はただの護身用だ。持っているだけでも心強いと思って渡したものだ。気にしなくていい」

兄はそんなふうに言っているが、実際、その心のなかではレオーネに行動して欲しいと思っているのではないだろうか。彼自身がしてきたように。

「では、行ってくる。あとのことは頼んだぞ」

「春の天気は変わりやすいです。とくにラグーサのあたりは地形が入り組み、荒れる日も多い。どうかご無事で」

「ありがとう」

兄は優しくほほえみ、レオーネの肩をぽんと叩いた。

「本当に…君はいい弟だ」

しみじみと告げられた言葉のあたたかさに、やはり自分がそれをやるべきなのか、本当は自分にそれを期待しているのか、尋ね直そうと思った。

「あの、兄上は……」

そう言いかけたが、廊下から兄を呼ぶ声が聞こえ、レオーネは言葉を止めた。

「シルヴィオ様、元首から遣いの者が」

「わかった。今行く。……レオーネ、急ぎの用か？」

「いえ、何でもありません。どうか気をつけて」

「そうか。では、レオーネ、あとのことは頼んだぞ」

兄は館をあとにした。行き先を知る者は、レオーネと元首のロメオ・リッピ、それから元首補佐官の一部だけだった。


その日、フォスカリ家の広間では、遠縁に当たる元首夫妻と、父の未亡人でレオーネたちの義母を中心に、アンドレア一行の歓迎の宴《うたげ》が行われることとなった。

女性と男性とが混ざりあい、使節団の面々がダンスを踊っている。

そんななか、広間の中央の踊りの輪からはずれ、アンドレアは警戒心の強い獣のような風情で柱の陰に佇んでいた。白いターバン、黒と濃い青色を基調にしたトルコの装束。レオーネは傍らに近づき、声をかけた。

「疲れておられるのか？」

トルコの言葉で話しかけると、アンドレアは淡い笑みを見せた。

「シルヴィオどのは商船の用で、しばらく留守と聞いたが」

「積荷のことで用があるとのことだ」

「そして代わりに、あなたが夜会に参加しているというわけか」

「代わりがつとまるとは思ってないが、少しでも役に立てればと……」

鼓動はいつもより大きく脈打っていた。果たしてこの男の記憶が戻っているのかどうか。それをさぐるべきなのか。迷ったまま、なにを話していいのかわからずにいると、アンドレアが立ちあがって手を差し出してきた。

「ベネツィアの踊りを教えてくれないか」

「踊り？」

レオーネは予想もしなかった申し出に眉をひそめた。

「……踊りの記憶はないのか？　よく踊っていたのだが」

「ふたりで？　こんなふうに？」

ぐいと腰を抱きこまれ、躰が密着した。一瞬、身をこわばらせたそのとき、ふっとあたたかな息が耳元に触れる。

「まさか、女性とに決まっている。そなたは女性によくもてたから」

「それは残念だ、その記憶も失ってしまっている」

アンドレアは笑った。言葉のやわらかさ、その笑みのおだやかさに吸いこまれるようにレオーネはアンドレアを見あげた。

にぎやかな輪から離れたふたりのいる場所に、広間の中央を照らした燈火《とうか》は届きにくい。壁にかけられた燭台の明かりをたよりにその横顔を窺《うかが》う。

彫りの深いトルコの男の顔には濃い陰りが刻まれ、表情を読みとるのが難しい。

「昔の私はあなたと踊るのが好きだった。そしてやはりあなたに恋していた。違いますか？」

一歩あとずさりかけたレオーネの手首を、ぎゅっとアンドレアが力強く掴む。

「その話は……」

手を払おうとしたが、ふっと兄のことを思いだし、レオーネは動きを止めた。

『ベネツィアのためなら、悪魔にでも魂を売ることができる』

レオーネは懐に隠していた青い小瓶を服の上から握りしめた。

「そなたが私に惚《ほ》れていたとは思えない。ふたりの間には本当になにもなかった」

「それは違う。あなたが彼の心を見ようとしなかっただけだ。彼のなかにあったあなたへの狂おしい想いに。彼はきっと毎夜のようにあなたを抱く夢を見ていたはずだ」

「なかなかの想像力だな。記憶がないのにどうしてわかる」

「それが論理だからです」

優しい声音が耳に溶け、胸が騒がしくなる。

手と手をあわせて回転し、腰を抱きあうように躰を反転させ、また手と手をあわせていく。ふだんは男女で輪になって踊る楽しいダンスなのに、ふたりだけで踊っているせいか、ひどく官能的な踊りに思えてくる。

甘いリュートの調べ。風に揺れる燭台の焔。触れあう掌のぬくもり。

手と手をあわせてゆっくりと躰を反転させると、壁に刻まれたふたりの影もゆるやかに回っていく。躰を離したあと、また手と手をあわせて躰を近づけると、ふたりの影も深く重なる。

広間のダンスの集団に加わったほうがいいだろうか。それともここで踊りながら、彼の記憶があるのかどうかを確かめるべきなのか。

ちらちらと広間を見て逡巡《しゅんじゅん》していると、アンドレアが低い声で尋ねてきた。

「まわりの視線が気になるのか」

見あげると猛々しい光を放った双眸と視線が絡む。目の下には、三日月のような傷痕。吹きこんできた潮風が白いターバンからこぼれ落ちてきた彼の前髪を揺らし、傷痕を撫でていく。

この男が生きていたことは純粋に嬉しい。しかしもう昔には戻れない。何度も何度も己の胸のなかでそれを言い聞かせる。

「気になるのはそなたのことだ。私の従者だった男がトルコでどのように暮らしていたか……どんなふうに彼の地でのしあがっていったのか……それが知りたい」

アンドレアは目を眇め、動きを止めた。

一瞬の沈黙のあと、強い風が吹き抜けていく。

ふたりのいる場所と広間の間に、パサリと濃い緋色のカーテンが落ち、月明かり以外になにもないバルコニーは完全に広間から隔てられていた。

「……いいですよ、トルコでの日々をあなたに話しても」

静かに、こちらの反応を確かめるような口調で告げられる。

「本当か？」

彼の腕が腰にまわる。ぐぅっと躰を引きよせられ、胸と胸が密着していく。

「今宵《こよい》、あなたと褥をともにできるのならば」

レオーネはごくりと息を呑んだ。緊張を隠し、冷静に頭のなかを整理する。自分の目的は、ベネツィアのため、真実をさぐりあてることだ。トルコの目的は何なのか。本当に和平のためにここにきているのか。

トルコの属国にするため、あらかじめアンドレアを密偵として、レオーネの家——つまり元首のもとに送りこんでいたのか。

「なにかあっても責任は持てないぞ。たとえば……褥でそなたの首を掻いても」

相手を警戒させないよう、微笑しながらわざと危険なことを口にした。ここであっさりと了承したほうが彼に警戒心を持たれる気がしたからだ。

「そういえば、あなたはその美しい風貌とは裏腹に、たいそうな剣の腕の持ち主だそうだな。その首にも……五千デュカートの懸賞金がかかっていたが」

「怖《お》じ気《け》づいたのか？」

「まさか」

アンドレアは鼻先で嗤い、レオーネの顎に手をかけてきた。

「おもしろいではないか、そのような男を腕に抱くというのも……」

顎を掴まれ、顔を近づけられる。覚悟を決め、レオーネが浅く息を呑んで目蓋を閉じたとき、触れるか触れないかのところまで男の唇が近づいてきた。

しかし次の瞬間、彼はレオーネの肩を突き放した。

「うっ……」

押された反動でバルコニーの手すりに背中がぶつかる。驚いて顔をあげたとき、時間を告げる教会の鐘の音があたりに響き渡った。

月の光が照らすなか、薄闇に不遜な男の風貌が浮かぶ。

黒々とした双眸。左側の頬にくっきりと刻まれた月のような傷痕。彼のトルコ名——アイは、この類の傷痕からつけられたものだろう。

アンドレアは口角をあげ、冷ややかに微笑した。

「やめておこう。あなたは火遊びをするには危険な男のようだ」

「え……」

「私になにをするつもりだった？」

彼はレオーネの前に、青い小瓶をかざした。

「……っ……それは……。痛みどめだ。戦地で負傷して」

アンドレアは嗤笑を見せた。

「わかりやすい嘘はやめなさい。あなたは我が国から懸賞金がかけられている危険な軍人。そんな男に怪しげな薬を飲まされ、褥で籠絡《ろうらく》され、失態があったとなれば……私の首が飛ぶ」

「私のことを欲しいと言いながら、こちらがその気になったらそれか」

「その気？　それは恋愛から派生する情事に対してではなく、薬と躰を使い、私から情報を得ようとするための、その気ですよね」

アンドレアは侮蔑《ぶべつ》のこもった目でレオーネを見下ろした。反論の言葉が見つからず、レオーネは唇を噛み締めた。

「ベネツィアの貴族は、目的のためなら平気で男娼になれるというわけか」

その声音には完全な怒りと軽蔑の色が滲《にじ》んでいる。

「そなたには関係のないことだ」

「媚薬を使ってトルコの使節に足を開こうとするとは。世界に冠たるベネツィア海軍に、実に恥ずかしい軍人がいたものだ」

「何だと……」

「これは俺があずかる」

「バカなことを。それは私のものだ。返せ」

手を伸ばす。だが強く手首を掴まれ、鋭利な眼差しでじっと見下ろされる。

「あなたのような卑しい人間に忠実に仕えていた自分が情けない。さすがに俺を見殺しにしただけのことはあるな」

冷ややかな声音。アンドレアの言葉遣いからは慇懃さが消えていた。かつての彼のような親しさゆえのものではなく、どこかこちらを憎く思っているような冷徹なものに変化し、レオーネは背筋を震わせた。

「覚えていたのか……やはり。四年前のことを」

アンドレアは眉間に皺を刻んだ。やるせないような、哀しみに満ちたような眼差しを見せたあと、彼は静かに言った。

「フランコ……というあなたの叔父上……」

四年前、ベルテ島を見捨てたときの艦隊の司令官だ。あのあとレオーネは別の軍艦に移ることになり、彼はその後の海戦でトルコ軍の捕虜になったらしいが。

「彼が人質としてトルコに連れてこられたのは二年前のことだ。牢獄《ろうごく》で夜警をしていた俺を見て、彼は幽霊に出あったかのように驚愕して錯乱した。そして謝罪してきた。島に残った者を見捨てたのは作戦だった。海軍の艦隊を護るため、見殺しにするしかなかった。レオーネも承知のことだったと」

「私は見殺したくはなかった。でも……」

「いい、過去のことは。おかげで出世できたからな。スルタンはベネツィアに見殺しにされた哀れな戦士として俺をとても大切にしてくれた」

「やはり記憶があるのか。あのときのことを……恨んでいるのか」

レオーネはアンドレアの腕を掴んだ。冷ややかに、憎悪すら感じさせる眼差しがレオーネを射貫《いぬ》くように捕らえる。

「あなたは……俺から憎まれたいのか」

「アンドレア……」

どんな言葉を返していいかわからない。しばらくの沈黙のあと、彼がぽつりと言う。

「俺はこのままでいい。過去を失ったままで」

「だが、それでは…」

「では、一体、どうして欲しいんだ。過去を知れば知るほど、あなたを嫌いになる。そして今のあなたを知れば知るほど、あなたへの侮蔑の気持ちが湧く」

責められるように言われ、胸がひどく軋んだ。

「そう……私は軽蔑されても仕方ない男だ。初めて出陣したとき、そなたを見殺しにした。どれほど謝っても謝り足りない…」

「それもフランコは語ってくれたよ。剣の試合のことで俺があなたを怒らせたと。自尊心の高いあなたは立腹し、俺に謹慎を命じた」

「私は……そのあと、トルコ軍がベルテ島の基地を攻めてくるとは思いもしなかった。安全だと思っていたんだ。だから……」

「言い訳はけっこう。卑しい手段を使って俺から情報を得ようとする、あなたのような情けない男にわざと負けるように命じられたとは……過去の俺は随分と惨めな人生を歩んでいたものだ」

胸が冷たく渇いていく。荒涼とした砂漠に投げだされたような、ひと掬《すく》いの水もない地でひからびていくような感覚を覚えた。

「記憶を失ってよかった。初めのうちは、記憶をとり戻したくて仕方なかった。けれど今は逆だ。記憶をなくし、トルコの人間になれたことに喜びを感じる」

冷ややかに微笑し、無感情な、いや、冷たい憎悪の混じった声で告げられる。

アンドレアの声音が耳から頭のなかに溶けこんでいくにつれ、全身が凍っていくように感じた。それとは裏腹に、心のなかは妙に冷静だった。

「それなら、来週からの交渉も難儀なことになりそうだな。そなたはトルコの利益のため、我々はベネツィアの利益のために、和平の条件を交渉するのだから」

レオーネの喉からは落ちついた声が、ひどく静かに出てきた。

己の表情に何の変化もないこともわかっていた。心がなにかに動じるのを停止したかのように。

「ああ。これからゆっくりと借りを返していくつもりだ」

「借り？」

束《つか》の間《ま》の沈黙。夜空に浮かんだ細い三日月を一瞥すると、じっとレオーネを見据えた。眸に狂気に似た色が宿っている。

「いずれわかるときがくる。俺はトルコのためにあなたたちとの交渉を有利にしていくつもりだから」

冷徹に言い放つと、薬の瓶をもったまま、彼はバルコニーをあとにした。

Ⅳ　悪魔からの宣告—La frase dal diavolo—

翌日、夜明けとともに兄はラグーサへ旅立った。

行き先を知る者は、レオーネと元首のロメオ・リッピと官房長官、それから元首補佐官のマルコだけ。元首評議会や元老院にも知る者はいない。

兄を送ったあと、あずかった鍵を手に、元首宮殿内の一階にある海軍省に出かけ、人質のリストを用意して欲しいと頼んだ。

「こちらがその資料です」

手渡された書類を手に、レオーネは机の前に座った。

新興国オスマン・トルコ帝国が地中海に多大な勢力を持つようになったのは、今から二十数年前、コンスタンティノープルを陥落させ、ビザンティン帝国を滅ぼした頃からだ。以来、破竹の勢いで勢力を広げている。地中海を商業拠点としていたベネツィアの基地や要塞を次々と奪いとり、商船を襲っていった。

積荷を奪われ、商人は人質となり、ベネツィアは多大な損害を強いられている。

人質のなかにはトルコの住民となった者もいる一方、ベネツィアからの助けを待っている者も多い。牢獄にいる人質をとり戻すために必要な莫大な身代金。トルコは和平のために多額の金銭を要求してくるだろう。

――それにしても……すごい数の人質だな。

リストを確かめていると、元首補佐官のひとりが海軍省に現れた。

「手伝おうか」

「助かります。こうした細かな作業は、学生時代から苦手で」

「意外だ。大学は首席で卒業したとうかがっているが」

「それは、友人が徹夜で勉強につきあってくれたからです」

友人とはアンドレアのことだ。レオーネが大学でいい成績がおさめられたのは、彼のおかげである。武術以外――ラテン語や神学、形而上学《けいじじょうがく》などの学問に興味が持てなかったレオーネは、よく試験の前夜に酒場に逃げだそうとしていた。すぐにアンドレアに見つかり、首根っこを掴まれ、机の前にひきずり戻されたが。

『レオーネは好きなことは熱心なのに、嫌なことになるとすぐに面倒になる。本気になれば、ベネツィアの元首にだってなれるのに』

『元首には兄がなる。それよりも私は海軍に入って世界中の海をまわりたいんだ。おまえとふたりで未開の地を切り拓《ひら》くのも楽しそうだな』

『確かに、レオーネなら未開の地でもたくましく野獣と共存していけるだろう。ただしその前に、この論文を暗記するように。一文一句まちがえずに覚えないと、明日の剣の試合はナシってことにするからな』

めったに表情を変えず、飄々とした彼が自分のことで、困ったような顔をするのが好きだった。しかしそれ以上に優秀な成績をおさめると、彼が嬉しそうにするのが幸せで、適度に困らせながらも、苦手な科目にも挑戦するようになっていったのだ。

——あの頃が一番幸せで楽しかった。大人になればふたりで世界中をまわれるという夢を抱いていたあの頃が。

あんなに間近で、あんなにいつも一緒にいたのに。昨夜の彼は見知らぬ他人のようだった。あの冷然とした声。

『記憶を失ってよかった。初めのうちは、記憶をとり戻したくて仕方なかった。けれど今は逆だ。記憶をなくし、トルコの人間になれたことに喜びを感じる』

甦るたびに胸がきりきりと絞られるように痛む。

彼が生きていたことは嬉しい。この四年、その死にずっと自責の念を感じていたのだから。だが、こんな形で再会するくらいなら、いっそこの左肩に傷を負った海戦で、なにも知らないまま、戦死すればよかったかもしれない。

——だめだ、海軍の士官がこんな気弱なことを考えていては。

自分の艦を副艦長に委ねたまま、ベネツィアに戻ってきている状態だ。艦長としての責任と自覚、そしてフォスカリ家の人間としての誇り。

今は私情で動いているときではない。兄が帰国するまでに、頼まれていた仕事をこなし、アンドレアのこともさぐらなければ。

そう己に言い聞かせ、レオーネはその日から十日ばかり元首宮殿内の海軍省と自邸を行ったり来たりしていた。

その十日間、アンドレアは元老院議員たちとともにベネツィア側の捕虜となったトルコ人兵士たちの引き渡し金額の交渉をしていた。表面上、彼は人質の交渉が目的でこの街を訪れている。その交渉が無事に終了したあと、両国間で和平にむけての話しあいを始めることになっているが、それを他国の大使や密偵たちに感づかれてはならない。尤も、すべては兄の帰国後のことだった。

そして兄が旅立って、すでに十二日が過ぎた。明後日で二週間になる。そろそろ帰国する頃だろうか。

——今日のように晴れ渡った日なら、船も無事に戻ってくることができるだろう。

空の様子を見ながら元首宮殿に行き、いつものように海軍省で書類を整理していると、血相を変えた職員が部屋に飛びこんできた。

「大変です、レオーネ様、すぐに二階にいらしてください！」

それは兄の乗った船が難破したという知らせだった。

「シルヴィオどのは行方不明。商船団すべてが難破し、東洋から運ばれてきた積荷はすべて海の藻屑《もくず》になったとの報告が……」

元老院議員が集まった広間に行くと、現地から早馬を飛ばし、陸路経由でやってきたという使者が涙ながらに当時のことを語ってくれた。

「濃霧のため、出航をためらっていたのですが、シルヴィオどのが早くベネツィアに戻らなければならないと出航を決断されて……。何とか無事に濃霧のなか、内海を抜けることはできたのですが、外海に出たとたん、激しい雷雨と嵐に襲われて……」

この時期、ラグーサ近海は荒れやすい。透明度の高い海と石灰岩でできた美しい町並みとは裏腹に、入り組んだ入り江や島、それに断崖といった複雑な地形になっている。そのため、出港するときに天候の予測がつきにくい。

兄が船の帰還を早めようとして急いで出航させたための難破なのか。それとも何者かの陰謀なのか。

——落ちつかなければ。まだ兄は亡くなったわけではない。遺体は見つかっていない。船が難破したといっても、岸辺の近くだった。助かる可能性もある。

積荷の絹や香辛料、それに宝石の多くは海に消えてしまったが、船員の多くがラグーサ近郊の浜辺に流れ着き、助かった者もいると聞いた。

兄の生還を祈りながら報告をうけていると、元老院議員が積荷のことで騒ぎ始めた。

「積荷が海に消えたということは……今回のシルヴィオどのの借財はどうなるのか。それにベネツィアの将来は……。商船団には我々も投資していた。和平に必要な身代金の元手にするために」

元老院のひとりが険しい顔で告げる。兄が急がせたために、商船団が全滅したのだとしたら、フォスカリ家はどうなるのか。その責任をどうとればいいのか。

不安に駆られたレオーネに元首補佐官が優しい声で言う。

「大丈夫だ、レオーネ、ベネツィアにはそんなときのために没落対策委員会というのがある。難破した船の家族に年金を払って保護することは可能だ」

「しかしこれだけの金額の借金は委員会でも庇《かば》いきれない。人質のために莫大な金がベネツィアには必要だというのに」

騒然としている広間に、元首のロメオ・リッピが入ってくる。黒衣に金襴《きんらん》という正装で現れた様子から、これから本格的な審議が行われることがわかった。

「待ちなさい。問題は、それだけじゃない。トルコの特使に今回のラグーサとの会見が気づかれてしまっていたことだ。彼らは我々の行為を裏切りととらえ、近郊のコルチュラ島の要塞を襲撃してしまった」

　元首が説明するには、『ベネツィアが二重外交をしている』という疑問を抱いたアンドレアは、陸路からこっそりとベネツィア湾《アドリア海》沖にいるトルコ軍に使者を送りこんでいた。そして兄の船がラグーサにむかった現場を確認したあと、アンドレアの使者は、そのことをトルコ軍に告げたのだ。トルコ軍はベネツィアの行為を裏切りとみなし、コルチュラ島の要塞を襲撃してしまったらしい。

「新たに大量の人質が奪われ、身代金の金額が加算された。このままだと、トルコに捕らえられている人質を取り返すことができない」

　元首は苦い顔で重い息を吐く。

　——これは罠なのか。……あまりにも話ができすぎている。

　彼がベネツィアにきたその日に、ラグーサから密使がやってきた。そして兄がラグーサにむかうことになった。その一連の流れ自体、不可解だったのだ。その上、それに疑念を抱いたトルコが、ベネツィアの裏切りの証拠を目撃したとして、こちらの要塞を襲撃して新たに人質を奪うとは。

　——あまりにもトルコの行動が早すぎる。彼らは最初からベネツィアと和平をする気はなかったのでは？

　ふっと胸に不安の種が芽生えかけたとき、急ぎ足で広間に入ってきた青年が元首に耳打ちした。重苦しい表情をさらに深め、元首は口をひらいた。

「今からトルコの特使デニズ・アイ・パシャがここにくる。ラグーサ共和国と二重外交をしたとして、我々を糾弾するために」


元老院議員や評議委員たちが次々と元首宮殿に集められ、エメラルドグリーンの海原が見える大広間へと案内される。

窓は開け放たれ、春のあざやかな陽射しの煌めきが海原に照り返されながら室内へと光の粒を送りこんできていた。

磯《いそ》の匂いのする潮風。岸に押し寄せる静かな波の音やゴンドラの櫂の音。

いつもどおりの春のうららかな日だというのに、大広間のなかは切迫した空気に包まれ、共和国国会の面々が声高に今後のことについて話しあっている。

そんななか、レオーネは広間の中央にぽつりと立っていた。

自分、兄、伯爵家の行く末について、関係のない人間が、ああだこうだと話をしている。なのに、自分はなにをすればいいのかわからない。

今の自分は、トルコの特使と、ベネツィアの国会がとり決めることに従うしかない運命だ。無言で立ち尽くしたまま、レオーネは自分たちの処遇についてまわりの人間が話している会話に耳をかたむけていた。

「とにかくトルコの怒りを鎮めなければならない」

「怒りといっても、シルヴィオどのはラグーサ共和国を説得するためにむかわれただけで、トルコに敵意があったのではない」

「だが、それではトルコの特使は納得しない。騙《だま》していたことに違いないのだから。彼はベネツィアの忠誠心の証《あかし》として、身代金と通商税の増額を申しでてくるはずだ」

「積荷の損害額は、約五千デュカートか。そういえばフォスカリ家には、トルコから、それだけの懸賞金をかけられていた男がいたな」

元老院のひとりがちらりとレオーネを一瞥する。彼は、昔からフォスカリ家とは対立関係にある男爵だった。

「私の首を特使に引き渡せとおっしゃるのですか」

レオーネは振りむき、男爵を凝視した。

「そうは言っていない。ただ意見を出しているだけだ」

「おやめください、男爵。そのようなことができるわけがない」

元首補佐官が厳しい声で男爵を諫める。だが元老院の一部から「それで済むのならいいのではないか」「一番被害が少ない」「伯爵家にはまだ男子がいる。後継者には困らないはずだ」という声も聞こえてくる。

その一方で「だめだ、暴虐な真似はできない」「そんなことをしなくても、フォスカリ家の領土や邸宅を売れば何とかなるのではないか」など、次から次へといろんな声が広間のあちこちから響いてきた。

――これは……彼の罠だったのかもしれない。そんな気がしてならない。我が家や兄に批難が集まるようにわざと仕向けられたものとしか。

レオーネは腰に提げていた太刀を男爵に差しだした。

「そちらで私の身の処遇を決めてください。我が命の代価で補えるものがあるならば、私はそれで満足です。私にとって最も大切なことは我が家の爵位、そしてベネツィアへの疑いが晴れることですから」

「本気でその首をトルコに捧げると言うのか」

男爵の言葉に、レオーネが「必要とあれば」とうなずいたとき、ギィィと重々しく木製の扉が開き、硬質な低い声が広間に響き渡った。

「――――待ってください」

振りかえると、白いターバンを頭に巻いた長身の男が立っていた。

広間がシンと静まりかえる。大理石の床に刻まれた細長い影。窓からの陽射しが頬の傷をあざやかに照らしている。立っているだけであたりを緊張に包み、威圧してしまう存在感。現れたのはアンドレアだった。

「今の話、異議がございます」

低い声が反響する。膝まである濃紺色の長衣の裾を翻し、彼は腰に半月刀を携えた泰然とした姿で広間に入ってきた。

息を殺したレオーネを見据え、懐から一枚の書類を出す。

「レオーネどの、元老院にその首を差し出す前に、私への借金を返済してください」

「そなたへの借金だと？」

レオーネは眉をひそめた。

「私がシルヴィオどのに渡した金の返済をしていただきたい。金額は五千デュカート。彼の船が運んでくる絹織物と宝石を買い取る約束で、先に金を渡したのです。スルタンの献上品にする予定で」

兄との間にそんな約束が？　小首をかしげたレオーネに、彼の部下が契約書を手渡す。

「確かに兄のサインがある。……この書類は有効だ」

「ああ。だが今回のことでその商品はすべて海に消えた。ですから合理的に考え、レオーネどのが最初に借金を返済する相手は私だ」

一体、なにが起きているのか。次々と変わっていく状況を前に、レオーネは呆然とすることしかできない。

「契約書類には、借金が返済できなかったときは、こちらの条件をすべて呑むという約束になっている」

「待て。そなたと約束したのは兄であって私ではない。しかも兄が亡くなった証拠はない。遺体も見つかっていない状態だ。それでも私がその代価を支払う義務があるのか」

「あなたの兄上の乗った船は難破しました。ご本人が行方不明である以上、兄上からの返済はもう望めません。期日は明日。ゆえに弟であるあなたにその返済をお願いしているのです」

交わされた契約書を一瞥し、レオーネは肩で息を吐いた。

「それで……私はどうすればいいんだ」

レオーネは静かに問いかけた。腕を組み、斜めにこちらを冷視すると、彼は不敵な笑みを見せた。

「私はただあなたに誠意を示してもらいたいだけだ」

礼を尽くした態度や言葉遣い。しかし声音の端々に感じられる冷ややかな気配に、こちらへのあからさまな悪意を感じる。レオーネは口元を歪めて苦笑した。

「要するにこの首を引き渡せばいいわけだな」

「いえ——私が欲しいのは……生きたあなた自身です」

「私にオスマン・トルコの奴隷になれと言うのか」

「いえ、あなたを私の主人、スルタンへの捧げものにするのです」

「……何だと」

背後にいる元老院議員たちが騒ぎ始めた。彼らの声が地鳴りのように石造りの大広間にどよめくなか、アンドレアは淡々と告げた。

「私の主人は、あなたのような出自のよい金髪の美青年が好みなのです。ましてや、長い間、我がトルコ軍を苦しめてきた将校となれば……。世にも稀な逸品としてお喜びになることでしょう」

「私に……性の慰みものに……スルタンのハレムの一員になれとでも申しているのか」

「ええ」

「何というひどいことを。よくもそのようなことを……」

レオーネは左手の小指を右の手でにぎりしめていた。かつて約束の指輪を嵌めていたその場所を。

「ひどい？　心外ですね。私は両国の平和のために働いているだけなのに」

どこまでも優雅な、あくまで礼を尽くした物腰と物言い。白々しいまでの慇懃さ。それこそが、今回のこの事件はすべて彼の計画であったと証明しているかのようだ。

レオーネは彼を睨み据えた。快さげに視線を絡め、男は不敵に微笑する。

「あなたを私の主人への捧げものにします。今夜からこの手で、あなたをスルタンへの捧げものにふさわしい男娼に仕立てあげます。地位も財産も捨て、その身ひとつで私のもとにくるんだ。あなたは今日から私に隷属するのです」

悪魔のような男がほくそ笑んでいる。そこにいるのは、アンドレアの躰を借りた悪魔だ。彼は四年前に海で亡くなり、悪魔として生まれ変わったのだ。

「借りを返すと言っていたのは……このことだったのか」

砂を咬《か》むような空しさと同時に、真っ暗な夜の海に突き落とされたような孤独感が突きあがってくる。

「さあ。ただ私は復讐《ふくしゅう》のため、地獄から甦ってきただけですから」

青白い焔のような声が大広間に浸透した瞬間、彼の目的がはっきりとわかった。

復讐、そう、あの日の復讐のために、彼はここにきたのだということを。アンドレアは記憶を失ってはいない。彼が失ったのは記憶ではない。彼のなかにあった自分との絆だった。そして……すべては彼の罠だったのだ。


その夜、レオーネはアンドレアが宿として使用しているヴィラに移ることになった。

そこは自邸から中庭を通りぬけただけの離れだ。

彼がベネツィアに滞在している間、そこがレオーネの住まいとなる。

フォスカリ邸は彼を中心としたトルコの使節たちの住居として使用されることとなった。

義母と義弟は近くの別邸で暮らすこととなり、使用人の半数もそちらに移動。残りの使用人は、アンドレアたちの世話をするために館に残った。

スルタンの捧げ物にする、ハレムの一員になれ――――。

この現実をどう理解すればいいのかわからない。自分の身に起こっていることも信じられなかったが、兄の生死も気がかりで仕方なかった。ラグーサまで行き、兄の安否を確かめたい。けれどそんなことは許されない立場だ。

誰も助けてくれない。ベネツィア共和国の面々は、それで特使の怒りがおさまるのなら助かったという態度だった。

「レオーネ様、どうぞこちらへ」

連れて行かれたのは、ヴィラのなかにある運河に面した寝室だった。

窓の下は運河。侵入者が入らないよう、もともと鉄の格子が張り巡らされた部屋である。

「ここでお待ちください、今、アンドレア様がいらっしゃいます」

見知らぬトルコ人――彼の部下が自分の家に入りこみ、自分はここに閉じこめられるというのは何という皮肉か。

ぼんやりと淡い燭台が灯《とも》っただけの室内。窓には緋色のカーテンが垂れ下がっている。床に敷かれたトルコ式の絨毯《じゅうたん》、木製の長椅子、トルコ風の優雅な彫刻が施された木製の衣装箱やスツール、それに豪奢な金の文様が描かれたコーラン。

窓の外からは、建物の外壁にぶつかる波の音と、ゴンドラを漕ぐ櫂の音。一定のリズムとなって脳の奥を刺激する。

——いっそ彼の手で殺されたい。復讐したいのなら、殺せばいいものを。トルコのスルタンに身を捧げられるよりは、首を捧げられるほうがマシだ。

部屋の中央に立ち、レオーネは強くこぶしを握りしめた。

「どうだ、気分は」

木製の扉がひらき、薄闇のなかから長身の男が現れる。白いターバンの裾が肩にかかり、野性的な印象を与える不揃いな髪は後ろでひとつにまとめられているようだ。

端整な目元、すっと伸びた上品な鼻梁、そして頬に刻まれた傷痕……。

かつて従者だった頃とはまるで違う、尊大で自信に満ちた泰然とした立ち姿。

一歩、二歩と彼が進んでくる衣擦れの音。やがて男の精悍な体躯が視界を覆う。粗野にすら見える野性味あふれた姿はかつての彼にはなかったものだ。

「……」

冷ややかな翳りを宿らせた眸。レオーネを一瞥すると、彼は手にしていた大きな額のようなものを円卓の上に置いた。それはふたりの肖像画だった。

「懐かしい肖像画だ」

肖像画に描かれたふたりの姿を斜めに見下ろし、アンドレアは円卓に置かれていた葡萄《ぶどう》酒《しゅ》の瓶に手を伸ばした。

コポコポと音を立てて深紅の葡萄酒が瑠璃色《るりいろ》のベネツィアン・グラスに注がれていく。

その音と建物にぶつかる波の音とが絡みあい、やがて波音だけが室内に落ちる。

ザザ、ザザとゆったりとした壁を打つ水音の物憂い響き。

彼の横顔を見ていると、彼は憂わしげに目を細めたまま、グラスの中身でゆっくりと肖像画を濡らしていった。

そこに描かれた幸せそうなふたりの顔が血のように赤い雫に染まるのを見届けると、彼は再びグラスに葡萄酒をグラスに注ぎ、レオーネに差し出した。

「イスラム教徒のくせに……酒か」

「あの世でアラーに詫びればいい。我々の宮廷には大酒呑みもたくさんいる」

「一体……ここで私になにをするつもりだ」

「言ったはずだ、調教すると。スルタンを満足させられる閨房術《けいぼうじゅつ》を教えてやるよ」

冷笑まじりの表情。愉悦すら感じさせる声。その言葉遣いは完全な支配者側のそれに変わっていた。

「バカなことを…閨房術など……」

「まだ数カ月、ベネツィアにいる。その間、ここで俺がおまえに性技を教えこむつもりだ。完璧《かんぺき》な男娼になるように」

「ふざけるな」

レオーネは葡萄酒の入ったグラスを彼に投げた。

ぱしゃり。白いターバンに赤い染みが広がる。そこから落ちた雫が頬から唇のきわへと流れていく。深紅の液体を舌で舐《な》めとり、彼は含み笑いを浮かべた。

「ずいぶん変わったな。以前ならこんな乱暴はしなかった」

「非礼な奴に非礼にしてなにが悪い」

「おまえの名と船の名はよく耳にしたよ。敵艦は完全に海の底に沈めるまで執拗《しつよう》に攻め立て、敵の要塞はあなたの艦に狙われたあとでは、蟻《あり》一匹生きていないと」

「海戦では少しの油断が乗組員全員の命取りになる。自分の艦を護るためなら、私は何でもやった。敵国から死神と言われているのは名誉なことだ」

さらりと言ったレオーネの言葉に、彼は冷たく嗤う。

「他にも戦場帰りの兵士が言っていた。捕まえたトルコ人をマストに吊《つ》るし、槍で串刺しにして、その血が少しずつ流れていくのを眺めて楽しんでいたとか」

そんなことをした覚えはない。恐らく別の士官がやったものだろう。

「他には?」

レオーネは冷めた声で尋ねた。

「密偵として捕まった者は一本ずつ足を撃ち抜き、腕の骨を折り、情報を吐くまで鞭《むち》で叩き、最後には嬲《なぶ》り殺しにしたという話も耳にしたことがある」

大げさに誇張されたものだ。確かに銃で威したことはある。口の堅い密偵の正体を焙りだすため、腕をへし折ったこともある。けれどそれ以上のことはしていない。嬲り殺しなど、考えたこともない。

「それがどうした。そなたたちも同じようなことをしているではないか」

だが今さら弁明をしてどうなるのか。言い訳をし、少しはまともな奴だったと思われたところでどうなるわけでもない。

「最初は耳を疑ったが、再会後のおまえの下劣な振る舞いの数々に、ああ、やはりと納得したよ」

「下劣なのはお互いさまだ。芸人の一座に入って口の利けない振りをしたり。記憶喪失の振りをして、私を欲しいなどと言って揶揄《やゆ》して楽しんでいた」

「おまえがどうなっているか、今のこの国がどうなっているかを確かめたかっただけだ」

「それで私をスルタンに捧げる気になったのか。スルタンは稀代《きだい》の美少年好みだと聞いているぞ。私を捧げたところで、おまえの首が飛ぶだけではないのか」

レオーネは癖のない長めの前髪の隙間から男を仰ぎ見た。冴《さ》え冴《ざ》えとした闇色の眸を眇め、彼は冷笑を浮かべた。

「あいにく我が主人は、すでに壮年の域。何の知識もない初物よりは、快楽を送りこんでくれる男娼や娼婦がお好みだ。ましてや、その前身が美貌《びぼう》の将校なら、なおさら稀少《きしょう》でおもしろがられるだろう」

レオーネを見下ろし、アンドレアは肩に手をかけてきた。

「稀少過ぎだ。献上品にはもっと美しく若いのをさがせ」

きつい眼差しで見上げると、彼は愉悦に満ちた笑みをうかべた。

「年齢も美貌も問題ない。我が主人を楽しませることができるだけの閨房術を覚えれば。勿論、おまえがそれを体得できなかったときは、遠慮なくその首を斬るつもりだ」

性的な奴隷になるか、首を斬って届けられるか。

「なら先に殺せ」

「ああ、どれだけ調教しても寝所で役に立たないようなら、容赦なく首を掻き裂く。だがそれはこの躰を試してからだ」

肩を押さえこまれたかと思うと、寝台に背中から押し倒される。

上からのしかかってきた彼は腰から半月刀を抜きとり、鋭い刃をレオーネの首もとに突きつけてきた。

「少しでも動くと、血が噴きだすぞ」

「それこそ本望だ、殺せ」

レオーネは半身を起こしかけた。

「なにをする！」

皮膚に冷んやりとした刃物の感触を感じた次の瞬間、アンドレアは素早く半月刀をとり払って床に投げつけた。

「本気で死ぬつもりか」

「私を誰だと思っている。フォスカリ家の人間だぞ。ベネツィア国家建設以来、多数の元首や枢機卿を輩出してきた誇り高き一族だ。その私が異教徒の慰みものになるなどあり得ない。その穢らわしい手で触れられてたまるか」

「フォスカリ。それのどこがそんなに偉い。ただの名前ではないか」

蔑むように吐き捨てると、アンドレアは艶やかに微笑した。

「では、望みどおり殺すとしよう。そのあと俺と部下とで次々とその屍《しかばね》を嬲り、首を頂いたあと、首から下の亡骸《なきがら》はサン・マルコ広場に飾ってやるよ。異教徒に穢された痕跡がベネツィア中の市民に見えるようにして」

「……殺して辱めるというのか」

眉をひそめたそのとき、男の手が襟元を結んでいた紐にかかった。はらりと襟が開き、なかからこぼれた白いブラウスの下にその手が入りこんでくる。

「あっさり殺して、楽にさせる気はない。俺はおまえが生き地獄でもがき苦しむ姿が見たい。清らかな弟がこの世の地獄に堕ちるさまを」

「……え……」

弟――。なにを言われているのかわからなかった。確かに兄弟のように育ったが、そのことは一方的にレオーネが口にするだけで、アンドレアはあくまで従者としての立場を貫こうとしていた。

「今……何と」

問いかけると、彼は目を眇め、じっとレオーネを見下ろした。

冷たい目つきだった。みじんの体温も何の情も感じさせない、冷ややかな光しかない。

「俺は、血を分けた弟を地獄にひきずり堕とすためだけに生きてきたんだよ」

毒を含んだ低い声の響きがレオーネの鼓膜に突き刺さる。

「待ってくれ……血を分けたって……どういうことなんだ」

「言葉どおりだ。おまえは俺の弟なんだよ、胤違《たねちが》いのな」

「……っ」

「俺とおまえは、同じ女の腹から生まれたんだよ」

瞬きができない。目を見ひらくことしかできない。呼吸が震える。

視線を絡めたまま、男は悦楽に満ちた笑みをにじませていた。しかし狂気を宿らせたようなその眸は笑っていない。ぞっと背筋に寒気が奔る。

「俺はずっとこの日を夢見ていた。おまえへの最高の復讐――ただ殺すだけではなく、ただ辱めるだけではなく、正当な理由でおまえを隷属させ、俺の手で最高の屈辱と苦悩を与えることができる日を」

低くひずみのある声が告げる激しい憎しみと嫌悪。剥《む》きだしの憎悪をじかにぶつけられ、全身の震えが凍りつく。彼の言葉の意味をどう理解していいかわからず、硬直したようになっているレオーネに、彼は刺々《とげとげ》しさを孕んだ声で言った。

「信じられないって顔をしているな。……確かにフォスカリの血を引いたおまえと、トルコ人の血をひいた俺とでは、同じ母親から生まれても肌の色も髪も目の色も違う。顔つきだって似ても似つかない。だが、躰に流れている血の半分は同じなんだよ」

「でも……どうして」

どうして今日までそのことを語らなかったか。母は父と結婚する前、トルコ人と結婚していたのか？　父はそれを知っていたのか？

いくつもの疑問が胸に湧き、なにからどう尋ねればいいのか。

いや、それよりも今アンドレアが告げていることのすべてをまだ受け入れることができないでいた。自分とこの男が同じ母親から生まれた異父兄弟であるということが。

「俺とおまえの母親——あの女は、トルコに滅ぼされたビザンティン帝国の皇帝の縁戚《えんせき》の姫として生まれた。王家の生き残りとして牢獄に囚われたあの女は処刑を恐れ、トルコ軍の幹部をそそのかして一緒に逃亡し、遠縁のいるベネツィアの植民都市まで逃げた。そこ

で親族の養女となり、おまえの父親と結婚した」

レオーネが聞いていたことと少し違う。

ビザンティン帝国皇帝の遠縁だったレオーネの母親は、戦争で捕らえられそうになったところを命からがら逃げ延び、親戚筋《しんせきすじ》にあたるベネツィア貴族の養女となった。そこにトルコ軍の幹部が絡んでいたことは知らない。

「おまえの母親は自分を逃がしたトルコの男と結婚した。彼が途中で裏切ることがないように、完全に自分の支配下に置いたのだ。そしてふたりの間にできたのが俺だ」

「そんな……」

「追っ手を逃れ、各地を転々としながら数年かけて無事にベネツィアの植民都市の近くまできたとき、彼女は俺の目の前で、薬で眠らせた父の喉に剣を突きつけた。目を覚まし、驚愕する父の眸。飛び散る深紅の血。恐怖で震えている俺を、あの女は岩壁から嵐の海へと落とした」

「……っ」

「この目元の傷がそのときの痕跡だ。俺が三歳のときのことだった」

目の前で実の母が実の父を殺し、自身も殺されそうになった。しかし途中で木の枝に引っかかり、アンドレアは嵐の海に落ちることはなかったらしい。

「今も最期の父の無念の顔と、母の愉悦に満ちた顔が忘れられない。彼女は死にゆく父にむかって言ったよ――『私がトルコの男を本気で愛すると思うのか。私の帝国を滅ぼし、一族を殺したトルコの人間を』と」

そして母は何食わぬ顔で遠縁の貴族の養女となり、元ビザンティン帝国の皇帝一家の生き残りという立場を利用し、ベネツィアの元首夫人になったのだ。

「運良く生き残った俺は近くの修道院にあずけられることになったが、それ以来、あの女の行方を知ることはできなかった」

「じゃあ、どうして」

「行方がわかったのは、それから何年かしてからのことだ。こともあろうに、あの女、ベネツィアの元首夫人として、俺のいる修道院にもやってきたんだ。慈善のために。あのときはまだ幼いおまえも一緒だった」

うっすらとだが、覚えている。あのとき、母は地元にあったいくつもの修道院や教会を訪問したのだ。

「元首夫人がトルコ嫌いなので、俺は慰問団の前に顔を出すなと言われた。仕方なく俺は同じようなトルコ系の風貌の子供たちと町中の広場で過ごすことにした。そのとき、たまたま彼女の一行が広場を通りかかって。白いベールの貴婦人の顔を見た瞬間、俺は心臓が止まりそうなほど驚いたよ」

「アンドレア……」

「あの女、俺たちを見て得意げに微笑したんだ。『あそこにいる憐れなトルコ系の物乞いに施しを与えなさい』と、おまえに菓子箱を渡して。おまえは俺に優しい笑みとともに菓子を渡してくれたよ。あの女はなにも気づいていなかった。そもそも俺たちの顔などはっきりと見ていなかった。トルコ系というだけで、視界に入れるのも嫌悪している様子だったからな」

それも記憶している。物乞いの子供たちに気づいた母は、レオーネに菓子を配るようにと言ったのだ。そのなかにアンドレアがいたのか？

「嫌悪しているのに、どうして母は施しなんて」

「俺にはすぐにわかったさ。憎むべきトルコの血を引く子供たちに、施しを与えることで、彼女は己の優位性を確認したかったんだよ。元首との間にできたおまえの手を使い、慈善という名の憐れみを施すことで」

本当に母の内側にはそんなドス黒い感情があったのか？　そのときの旅行のことと、礼儀作法に厳しく教育熱心な女性だったことくらいしか記憶していないが、肖像画のなかの美しい母の姿からは、そのような感情を読みとることはできない。

「そのあと修道院を訪れたあの女が親族の人間と話しているのを、俺は物陰に隠れてじっと聞いていた。あの女は元首との間におまえが生まれたことで救われたと語っていたよ。ゆくゆくはおまえを元首にし、トルコ帝国を滅ぼさせるのが夢だ、そのために生きていると言った」

「母がそんなことを……」

「そのとき、俺は誓った。あの女の野望を阻止しようと。それが俺の、そして殺された父のための復讐だ、俺はそのために生きていこうと。だが残念ながら、あの女はそれからほどなくして流行病で亡くなった。天罰でも当たったんだろう。滑稽《こっけい》だぜ。そしてその後、俺の復讐の対象はおまえに変わった」

「私に……」

「そうさ。あの女の野望を受け継ぐ存在として生まれてきたおまえに」

アンドレアはさも小気味良さそうに嗤った。

彼の告白――そのなにもかもがレオーネには信じられなかった。しかし彼の眼差しの鋭さ、言葉の冷たさ、そして自分にむけられる剥きだしの憎悪の激しさがそれは真実だと物語っているように聞こえた。

「では……最初からアンドレアは……復讐のためにこの国に……」

「そうだ。おまえを破滅させてやるつもりで。そしてベルテ島での事件が俺の復讐心にさらなる油をそそいだ」

憎悪に煮え立った双眸。毒のある刺々しい言葉。しかし眼差し以外の彼の表情は不気味なほど静かだった。それが恐怖を煽る。

「誤解だ、アンドレア、あれは私の本意では…」

言いかけた刹那、「言い訳するな！」という怒号とともに頬を強く叩かれた。口のなかが切れ、痛みに頭ががんがんした。

「母親にそっくりだな、俺の父を甘い言葉と優しい笑みで誘惑し、利用するだけ利用して殺したあの淫売《いんばい》と」

すーっと入りこんできた指先が胸の突起に触れる。レオーネは反射的に躰を震わせた。つぷりと乳首を潰され、感じたことのない戦慄が背筋をかけのぼっていく。

「やめ……っ……頼む、実の兄弟でこんなこと」

「だからこそ、俺はおまえに欲情するんだよ。おまえが俺の弟だからこそ。トルコの血をひく実の兄に犯され、調教され、最低の地獄に堕ちていくおまえを見たい。おまえが地獄で苦しむ姿を想像しただけで躰の血が熱く滾《たぎ》ってくる」

乳首を指先で強く揉《も》み潰され、ずくりと腰のあたりに広がった奇妙な感覚にレオーネは息を呑んだ。

「ん……っ！」

「ここが好きなのか」

小さな胸の粒はじわじわと指先で捏《こ》ねられるうちにぷっくりと膨らんでいく。男性でもそこが変化するなんて知らなかった。円を描くように胸の突起を押し潰され、ただいじられているだけなのに、そこが不思議なほど鋭敏になって鼓動が激しく脈打つ。

「果実の実のような膨らみ方だ。噛《かじ》ったらさぞ心地がいいだろう」

そう言ってアンドレアがそこに顔を近づけようとしたそのとき――。

「……っ……放せっ！」

レオーネは膝を曲げ、アンドレアの腹部に強い一撃を加えた。ぐぅっと膝頭が彼のみぞおちに喰いこむ。するとそれまで悠然としていた男が初めて口元を歪める。

「……っ」

忌々しそうに目を眇め、彼は数秒ほど息を止めた。しばらくして息を吸いこんだあと吐き捨てるように告げられる。

「目には目を。おまえにはおまえが使おうとしていたものがいいだろう」

彼は懐から小さな瓶をとりだした。青い小瓶を見た瞬間、顔がこわばる。

「この薬の効力を試すことにしよう」

「それは……待……っ……駄目だ」

「鎮痛剤だろう？　それなら問題はないはずだ」

含み笑いを浮かべる彼。レオーネは視線をずらした。

「レオーネ、それともおまえはこれを使って俺を褥で籠絡し、トルコにとって不利な情報でも語らせるつもりだったのか。母親がその躰で俺の父を虜《とりこ》にしたように」

「違う……」

反論した声は、奇妙なほど上ずっていた。

「まあ、いい。答えは、おまえの躰が教えてくれるはずだ」

レオーネの膝が、彼の手に無造作に広げられる。膝にかかっていた短衣の裾を捲りあげられ、ズボンを下ろされた。下肢があらわになる。下履きまで引き下げられ、恥部が剥きだしになっていた。

「やめろ……まさか……それを私の……」

冷たい手に腿《もも》の裏を掴まれる。下肢が宙に浮く。

「おまえの躰で試すと言ったはずだ。かわいい弟どの」

腰が高くもちあげられ、レオーネは驚いてシーツを握りしめた。

「やめ……なにを……それは葡萄酒で薄めて飲むもので」

「鎮痛剤なら、心配することはない」

肩と肩胛骨《けんこうこつ》のあたりだけがかろうじて寝台に残っている姿勢。広げられたふくらはぎがそれぞれ彼の肩にかかったようになっていた。

ブラウスは胸元まではだけ、腹部からつま先までがあらわになっている。

「今から、これをおまえに味わわせる」

ぐいとさらに引きあげられる。殆ど彼の顔を跨《また》ぐような恥ずかしい格好だった。羞恥《しゅうち》と屈辱が募り、頭と頬にカッと血がのぼる。鼓動が速まり、内腿の皮膚がぴくぴくと不規則にひきつっていた。

荒々しく双丘を大きく広げられ、奥の一点に冷んやりとした指先が触れる。強ばった皮膚を男の指が撫でていく。

「バカな……なにをする」

窄まりの環を指で引っぱられ、ふっと内部を外気が撫でる。レオーネはぴくっと躰を震わせた。冷酷な男が優雅に、そして楽しげに自分を見下ろしていた。

「これから弟を犯す。最高の気分だ」

「そんなに……私が憎いのか……」

「ああ」

「おまえはずっと私を憎んでいたのか」

「当然だ」

「私を愛したことはなかったのか。あの歳月のなか……私は確かにおまえを愛していた、家族として慕わしく思っていた。あの指輪に誓った気持ちは偽りだったのか」

四年前まで、彼は従者として、或いは家族として自分を愛していたはずだ。

「アンドレア、答えてくれ」

すがるように言うと、彼は目を眇めた。そこには四年前まで確かにあった自分を慈しむような眸の色はない。ただ嗜虐の色だけだ。

「俺は復讐のためだけに生きてきた。おまえを愛しく想ったことなどない」

では、ふたりでともに過ごした十年は？　命がけで護ってくれる実の兄のような従者として心から慕ってきたあの日々は？

――すべて偽りだったのか。幸せだった時間も、ふたりだけの誓いも。

哀しみ？　絶望？　信じていたものが一気に瓦解《がかい》していく。

深く冥い海の底に沈められ、躰のなかに少しずつ冷たい海水が溜まっていくような気がした。胸の底に溜まった流れない涙と溶けあうように。

「では島に残される前から……おまえはずっと私を……」

すると彼はなにをおかしなことを訊くといわんばかりに鼻先で嗤った。

「当然ではないか。あの島での一件は、俺の憎しみをさらに煽る絶好の餌《えさ》になっただけだ。トルコで記憶をとり戻し、おまえへの復讐心を餌にして生きる日々はどれほど楽しかったことか」

母への憎しみ。レオーネへの憎しみ。それを支えに、彼は敵国のトルコでスルタンの側近になるほどのしあがってきた。

「信じない、私は。だって私とおまえの間には確かな絆があったはずだ」

反論した刹那、レオーネの髪を掴んで顔をあげさせると、後頭部に手を当ててシーツに荒々しく顔を押しつけた。

「ない、俺とおまえの間に絆などない」

アンドレアはレオーネの腰をさらに高くあげた。長い指に入り口の襞《ひだ》を広げられ、ぐいっと内部に異物が埋められていく。冷たい小瓶の先が窄まりの隙間に入りこむ。

「あ……あ……」

みっしりとあわさった襞がぴたりとそれに張りつく気がした。ぐぐぅっと、狭い肉筒の反発を押し返しながら、冷たい瓶の口が奥へとねじこまれていく。

とぷん……と薬物が小瓶から体内に流れこむ。冷たく、ひんやりとした体感に総身が震える。

じわじわと粘膜に熔ける液体。兄は葡萄酒で薄めて飲ませろと言った。それなのに薄めもしないで……。不安を感じたそのとき、下肢に火照りを感じた。

「く……っ……な……これは……」

いきなり燃えるような熱さがそこに広がる。次の瞬間、得体のしれないものが這《は》っているようなむず痒《がゆ》さを覚えた。

「あ……あぁっ……あ……はぁ」

息があがっていく。人間としての尊厳をかなぐり捨て、自分の指でそこをひらいて、掻き毟りたい衝動に襲われる。無論、そんな真似はしないが。

肌が上気し、皮膚に汗がにじんでくる。噛みしめた唇から血を含んだ苦味が口内に広がっていく。

「すごい……形を変え始めてるぞ」

彼の唇がレオーネの性器に触れる。驚き、レオーネはシーツの上でもがいた。

「ん……くぅ…だめだ……そんな……ところ……っ」

「どうだ、実の兄にしゃぶられている気分は」

歯で軽く先端を咬まれただけで、ぞくぞくとしたものが背筋を駆けぬける。

くちゅくちゅと濡れた音を立てて性器を弄ばれる屈辱。彼が同じ母親の子供という事実。と同時に、その男から自分が凌辱されそうになっている事実。

「おまえは……私の兄なんかじゃない……私の兄は同じ父の……フォスカリの血を引く……シルヴィオだけ。おまえなんか……おまえなんか……」

彼の指にぷつりと乳首を潰され、なぜかその刺激に、どっと性器の先端から蜜《みつ》があふれでるのがわかった。心地よささえ感じさせる痛痒感《つうようかん》。自分がどうにかなりそうな気配に、レオーネは眉根を寄せて耐える。

「鎮痛剤のわりには奇妙な反応をする。妖しげな薬だったのか」

「ち……違……ん……っ」

「では、もともと淫靡というわけか。いや、まさかな。私と違ってフォスカリの血を引く高貴なレオーネ様が、卑しい従者に嬲られ、反応されたりはしないはずだ」

わかっていながら、わざとそんなふうに言っている。だけどその憎たらしい揶揄に反抗するゆとりはなかった。

「んんっ、くぅっ……あっ、あぁ」

粘膜がじんじんする。熱くてどうしようもない。それをかき消すような激しい刺激が欲しくてたまらない。

「腰が揺れてる。はしたない躰だ。伯爵家のレオーネ様ともあろうお方が」

貪欲な指の動きで胸を潰し、激しい舌遣いで性器を煽っていく。下腹の奥が疼き、後ろの粘膜がむず痒くてどうしようもなくなっていた。

「ん……っ……いやだ……やめ……っ……あぁ……あっ……なっ」

とくとくと己の性器の先端から漏れた蜜が彼の唇から滴り落ちていく。

彼は再び後ろの窄まりに瓶の中身を注ぎこんできた。すでに熟れかけていた粘膜に、瓶が空になるまで液体を注ぎこまれ、指でなかをかき混ぜ始めた。

襞のなかに、液体を丹念に塗りこんでいくような指遣いだ。躰が異様なほど燃えあがるような感覚に、レオーネは愕然《がくぜん》とした。

はあ、はあと熱い息が漏れる。完全に性器は形を変え、シーツをぐしょぐしょに濡らしていた。彼の指から漏れる濡れた音と、壁にぶつかる波の音が共鳴し、レオーネの意識を官能的に揺さぶっていく。

「ここがいいのか？」

「あぁっ、あぁ」

皮膚に熱が溜まり、躰が変化していく。制御することができない。

——誰が……誰がこんなくらいで……狂わされたりはしない。

必死に声をあげるまいとしているのに、後ろの粘膜に注ぎこまれた液体のせいで躰がおかしいほど昂《たかぶ》り、自分で止めることができなくなっている。

彼の指が増やされ、内部の肉壁をぐちゅぐちゅに捏ねられていく。

「気持ちよさそうだな。どこも彼処《かしこ》も。伯爵家の人間が何と情けない」

彼は両手を掴み、自身のターバンを外してひとまとめに縛ると、手すりに結びつけた。両手を頭上で拘束されたレオーネの上にのしかかってきた。

「や……やめ………っ」

強い力で性器を握りしめられる。ぎゅっと根元を握りしめられると鋭い快感が全身に奔り、レオーネは総身を震わせた。男はレオーネの膝を大きくひらくと、媚薬でぐっしょりとぬかるんでいる後孔に、そそり立ったものを突きつけてきた。

レオーネはぴくりと躰をこわばらせた。

「……憎んでいるのに……抱くのか」

見あげると、冷徹に微笑する男の顔があった。

「抱くのではない。……穢すだけだ」

声に含まれる嗜虐の色。かつて自分を命がけで護ってくれた男が同じ母親の血をひく兄だった。

母と自分への憎悪に憑かれ、異父弟を辱め、穢そうとしている。

ずっとこの男の死が心に影を作っていた。ずっとこの男の喪に服していた。

だけど生きていた。それは大いなる喜びであったはずだ。

それなのに、なぜこれほどの絶望と屈辱と哀しみを感じなければならないのか。

「俺と同じ地獄に堕としてやる。母親に殺されかけ、異父弟にも見殺しにされた哀れな男の手で、存分に」

ぐぅっと重圧に満ちた肉塊が肉のすきまにめりこんできた。全身がぶるぶると痙攣する。すがるものを求めて必死に手首を縛ったターバンの先を握りしめていた。

「ん……っあぁっ、あぁっ！」

重々しい圧力に、狭い器官が軋む。せわしない息があがるなか、容赦なく猛々しい異物が奥へと突きこまれていく。

肉襞を裂いていく恐ろしいほどの質量。たまらずレオーネは大きくかぶりを振った。鼓動が速まり、皮膚から玉のような汗がにじみでる。

「うっ、ん……っあ……あぁっ、あぁっ」

視界が苦痛に揺れ、痛みのあまり声が出てしまう。ぐいぐいと突きあげられ、躰が押しあげられる。耳のなかに、壁にぶつかる波の音が反響する。

初めての行為の痛みに朦朧とするなか、躰に浸透した媚薬から湧き出てくる恐ろしいほどの快感とのはざまで、レオーネの意識は混濁していく。

海に犯されているのか、アンドレアに犯されているのか。

『俺にはレオーネのいないところで暮らす人生なんて想像もつかない。助けられたときから、俺の世界にはレオーネだけが存在し、中心になっているのに』

あれは夢だったのか。それともこれが夢なのか。彼は確かにそう言った。そう言っていたのに。かつて親友であり、従者であったと信じていたのに。

しかし実はそうではなかった。彼は憎しみのために自分に近づき、復讐することを楽しみにしながら仕えていた、歪《いびつ》な情念にとり憑かれた異父兄だった。

「どうだ、同じ母を持つ兄に犯されている感覚は？」

ぐうっと肉の環を広げられて骨まで軋みそうな体感。

苦しくて仕方がないのに肉壁は物欲しそうにふるふると収斂《しゅうれん》し、これまで一度たりとも受け入れたことのないものを奥へと呑みこんでいく。

「……一斉に絡みついてくる……いやらしい肉体だ」

腰骨を掴み、かきまわすようにねじこまれていく重々しい肉の塊。

「い……っ……苦し……こんなこと……どうして……あぁ、あっ」

荒々しく腰を打ちつけてくる男。皮膚がぶつかりあう音と波の音が溶けあって室内で反響する。男が根元まで抉《えぐ》りこみ、彼の性器を銜《くわ》えこんでいる粘膜に重圧が加わるたび、全身が激しく痙攣した。

「う……っ……ん」

腰を掴まれたまま、ずるりと引き抜かれる。こすりあげられるたびに皮膚に熱が奔り、そのあまりの心地よさに、彼に絡みついた肉がぎゅっと強く締まってしまう。

体内から引き抜かれまいと吸着してしまう自身の粘膜が忌々しい。

支配などされたくない、快感におぼれたくない。そんな意志とは裏腹に、体内で膨張していく肉塊に己の肉が淫《みだ》らに吸いついている。物欲しげに体内にとどめようとしているのがわかって恥ずかしい。

「すごいな……こんなに痙攣させて……俺のに馴染もうとしている……っ」

荒々しい彼の息が耳に触れる。腰を打ちつけられるたび、寝台が激しく軋む。木製の天蓋が揺れるごとに抜き差しが加速していく。

「達《い》きたいなら達け。おまえの……はちきれそうだぞ」

前の根元を掴まれ、ぐちゅぐちゅと濡れた音を立てて嬲られる。吐きだすものか。達したりするものか。ターバンの先をにぎりしめ、それでも腰をぶつけられるたびに全身に広がる快感にレオーネは甘い声を吐く。

「あぁ、あっ、いやだ……絶対に……あぁっ！」

「美しく誇り高い弟。とことんおまえを穢し……ハレムに送りこんでやるからな」

荒い息を吐きながら、彼が突きあげてくる。ゆさゆさと揺さぶられ、意識が朦朧としてなにを言われているのかよくわからない。

——兄……同じ母から生まれた兄に穢されている……。

そのことへの猛烈な背徳感とおぞましさ。もはや心から肉体だけが乖離《かいり》し、身の毛がよだつほどの快感に呑みこまれていくことしかできない。

「あぁっ、あっ」

穿《うが》たれるたび、木製の寝台が軋み、天蓋が揺れる。肉を打つたるみを帯びた重苦しい音。ザザ、ザザ……と壁にぶつかる重ったるい波音。

はあはあ、とふたりの唇から漏れるせわしない息が激しく絡まった刹那、粘膜の奥に、熱っぽい粘液がどっと吐きだされるのがわかった。

実の異父兄と同衾《どうきん》した。それを実感しながら、レオーネは朦朧とする意識のなかに埋没していった。

Ⅴ　哀しい傷痕―Triste molte cicatrici―

「……ん……ん……っ」

どこからともなく聞こえてくる波の音。これほど激しい波の音が聞こえてきたことがあっただろうか。

それにひどく息が苦しい。喉が渇いて死にそうだ。そう思ったとき、レオーネは自室ではなく、アンドレアの部屋にいることに気づいた。

寝台の上でしどけない格好のまま仰臥していたらしい。自殺をさせまいとして、ベッドにつながった鎖のついた革製の首輪をつけられた状態で。

近くの教会から聞こえてくる鐘の音。カーテンの隙間から漏れる明かり。その光の強さ、窓のむいている方向から考えると、もう昼過ぎだというのがわかる。

昨夜は狂乱の一夜だった。

彼は一度の射精ではとどまらず、体内で果てたあと、再び膨らみ始めた怒張で抜き差しをくりかえしてきた。体位を変え、レオーネの体内に情欲を吐きだして。

幾度、犯されたことだろう。激しい律動。彼が穿つたび、重く湿りけのある音が室内に淫靡に響いていた。

いつしか泡《あぶく》のようになった粘液がとろとろと窄まりから流れ落ちていく異様な体感が今も五官の底に沈殿している。背中やシーツがぐっしょりと濡れ、こんな辱めを受けるくらいなら死んだほうがマシだと思いながらも、肉体は心から遊離し、快楽の泥沼に溺れていった。

性器を口で含まれ、彼の口内に射精してしまった恥ずかしさ。かと思えば、相手の性器を口内で弄ばされ、喉の奥にその精を流しこまれるいたたまれなさ。

どろどろでぐしゃぐしゃになっていった時間だった。

躰の節々が痛い。下肢にはまだ甘ったるい倦怠感《けんたいかん》が滞り、少しでも身じろぐと奇妙な疼きがまた再燃しそうな予感に身が震える。

「ん……」

意識が覚醒《かくせい》するにつれ、寝室の扉がうっすらとひらいているのがわかった。そこから話し声と人の気配がする。

寝室のむこうには続き間になった居間があり、そこから廊下に出るような造りになっているが、どうやら部下がきてなにか話しているらしい。

低い声で話されるトルコ語の会話。耳を澄ませていると、元首宮殿の広間を使って夜会をひらく話をしているのがわかった。

アンドレアは、この館ではなく別の建物を買いとり、今後、そこをトルコの大使館にするつもりらしい。リアルト橋の付近のようだ。あのあたりは各国の大使館が軒を連ねる区域である。他にも元首宮殿の広間を利用し、元首のところでベネツィア在住の各国の大使や貴族を招いた祝宴を催させようとしている。

一体、なにを考えているのだろう。

彼の復讐は自分に対してだけではなかったのか？

ぼんやりとそんなことを考えながら寝台に横たわっていると、部下が部屋をあとにし、アンドレアが寝室に入ってきた。

体内に彼の体液が溶けこみ、粘膜を侵食していった感覚。それが今も躰のなかに残っている。

――今もまだ信じられない。かつて兄とも親友とも従者とも慕わしく思っていた男が、血のつながった父親違いの兄だったなんて。

そしてその男と何度も性交に及んだ事実がレオーネに深い背徳感を覚えさせる。

だがその事実にいたたまれなさを感じるだけの精神力も、これからどうすればいいのか、それを考えるだけの気力も今の自分にはなかった。

寝台に近づいてきたアンドレアがこちらを覗きこむ。白いターバンを巻き、腰に半月刀を差している。すっきりとした身なりになっていた。

「もう昼過ぎだ。まだ眠っていたのか」

果物の入った皿を円卓に置くと、彼は勢いよくカーテンを開ける。かっと窓から入ってきた陽射しに思わずレオーネは目を細めた。

「今日のベネツィアにも美しい春の陽射しが注いでいるというのに」

寝台に手をつき、静かに顔を覗きこんでくる男。ターバンの裾がふわりと頬を撫でていく。

「…わかってる……」

喉が痛い。昨夜、激しく声を出したせいか、声がかすれていた。

「今、元首宮殿での朝の仕事を終えて戻ってきた」

皿から小さな木イチゴを摘み、彼が口元に近づけてくる。レオーネはかぶりを振って断った。

「今朝、ラグーサ沖の事故で生き残った商人たちが、元首宮殿を訪ねてきた。事故の経緯についての報告に。それでシルヴィオどののことだが……」

「兄は……生きていたのか?」

「まだ定かでは。ただ、浜辺に打ちあげられた遺体のなかに、それらしき人物はいなかったそうだ」

レオーネは息を吐いた。生死もわからないとは。これほど不安なことはない。どんな形でも生きていてくれれば。

「わざとラグーサに情報を流し、兄上を罠にかけたのはおまえだな」

「ああ」

「……っ」

何ということを。胸が痛い。自分のせいで、シルヴィオがひどい目にあってしまったとは。

「元首宮殿では、共和国国会の皆さまがおまえのことを案じていたぞ。だから報告しておいた。おまえはスルタンへの献上品となるべく、俺の手で丹念にかわいがった結果、すっかり肉の奴隷という立場に馴染まれてしまわれたと」

「……何だとっ」

半身を起こし、胸ぐらを掴んでやろうとしたが、まだ薬物が残っているのか、少し動いただけで下肢が火傷《やけど》したように熱くなった。

「ん……」

顔を歪め、レオーネは半身を起こしたまま、シーツで下肢を隠した。

「ネロまでもが元首宮殿に様子を見にきて、おまえのことをひどく心配していたぞ」

「それで……何と」

「説明した。既にスルタンへの贈り物としての準備を行っている途中だと。よけいなことをして献上品にもしものことがあれば、ベネツィアはただでは済まないとも」

ネロは義母とともに別邸に行ったためにここにはいない。それだけでも救いだった。彼がこの館に残っていれば、顔をあわせることもある。男に犯された自分の姿を親しくしていた使用人に見られたくはなかった。

「私を犯し……辱め……それで満足か？」

アンドレアは視線をずらし、わずらわしそうに呟く。

「……別に」

「これがおまえの復讐なのか」

「さあ」

「今夜も明日も……私と褥をともにし、この躰に快楽を教えこむつもりか」

「ああ」

「兄なのに……弟を犯すのか」

「兄だからこそ」

レオーネはうつむき、小さくため息をついた。なにを言っても無駄らしい。彼のなかにある憎悪が消えることはないのだろう。

「……アンドレア、それでおまえの気が済むなら好きにすればいい。だがもしシルヴィオ

――兄上が生きていたら、もう彼には手を出さないでくれ。あの兄上はおまえの復讐とはまったく関係がない人間だ」

アンドレアは目を眇め、レオーネの肩を掴んだ。

ぐいっと肩を掴む手に力が加わる。骨を抉るような指の強さ。触れられたところから、冬の海のように冷たく冥い感情が伝わってくる。

「そんなに私が憎いのか？」

「ああ」

哀しさ、混乱、悔しさ……いくつもの感情が渦巻き、泣き叫んでしまいたかった。

だがここで泣いてしまっては、自分が傷ついていることを彼に知られてしまう。

それはいやだった。この冷酷な男に、自分が泣き出したいほど哀しくなっていることだけは知られたくなかったのだ。

「どうして……おまえは……私をスルタンに……捧げるんだ」

「臣下のつとめだ。ベネツィア一美しく、凜々しい高貴な性奴隷を主君に捧げたいと純粋に思うだけ。なにより、おまえは滅亡したビザンティン帝国の姫君とベネツィアの元首から生まれた貴重な逸品。スルタンに献上せずしてどうする」

冷たく、尊大に言う男に、心の動揺を知られまいとするだけで精一杯だった。

「美しいだと、この私が？　おまえはなにも知らないから。私が四年前と同じだと思っているのか」

嘲笑《あざわら》うように吐き捨て、レオーネはブラウスに手をかけた。

「見ろ、私の躰を」

ひとつずつ釦《ボタン》をはずし、胸肌をあらわにしていく。窓から入ってくる陽射しがレオーネの肌を明るく照らす。

「……っ」

アンドレアが目を眇める。眉間にしわを刻んだあと、そっと手を伸ばしてきた。その手が触れたのはレオーネの左の脇腹……腰骨の傍らにある傷痕だった。

「昨夜は暗くて見えなかった」

すっと彼の指が肌をなぞる。レオーネは肌を震わせた。

それは海戦のときに銃弾がかすめた傷痕だ。物珍しげにそれを見ている姿に、レオーネは冷ややかな笑みを口元に浮かべた。

「なにがおかしい」

「傷はひとつではない。私の全身を確かめたらすぐにわかることだ」

四年前から、この首に懸賞金がかかるほど、捨て身で軍人として戦ってきた。

この躰には脇腹の銃創だけでなく、腕や胸部の脇に剣で受けた傷痕、腿には爆撃をうけたときの火傷、それに腰には、槍に刺されたときの傷を無理やり治すためにわざと熱い鏝で焼いた痕が刻まれている。

「こっちにきて、見せてみろ」

首輪をつけたまま、窓辺に立たされる。陽射しを受けながら、静かにブラウスを脱がされ、レオーネの躰からすべての衣服がとり除かれていった。

まばゆい太陽の光に裸身をくまなく眺められることに、それでも昨夜のような屈辱は感じなかった。

触れられることで恐ろしい快感が甦ったら……と思ったが、反対に彼の静かな手に心も躰も静けさをとり戻していった。

幸せだった時間の記憶が躰に残っているせいかもしれない。

なにひとつ傷痕がなかった頃、湯浴みをするたび、この男にこんなふうに肌を確かめられ、濡れた躰をぬぐわれていったこともあった。

今と同じように窓辺に立ち、ベネツィアの美しい海を見ながら。

「ここにも、ここにも傷痕が」

ひとつ、ふたつ……と、確かめるように肌の上に彼の指が触れる。抗いもせず、レオーネはじっと佇んでいた。

シンとした昼下がり。波を掻き分けるゴンドラの櫂の音と、荘厳な教会の鐘の音が聞こえてくる。それらの音に溶けあうように、波の音がたえまなく耳に溶けていく。

不思議な気分だった。こうして触れられながら目を閉じると、昔に還ったような錯覚を覚える。

息を詰め、レオーネは自分に触れるアンドレアの手に神経を集中した。

彼の手が自分の首の付け根に残った刃物の痕をさぐる。

彼の手が腹部の傷痕を辿《たど》る。腿の火傷、膝の縫い傷、腰の後ろの焼き鏝の痕……。

こうしていると、この男が異父兄とは思えなくなってくる。やはり懐かしい従者にしか。憎まれているとも知らず、復讐のために彼がこの街にきたとも知らず……ただ素直に懐いていた時間。

なにも知らないほうが幸せだった。この躰に傷を受けたときに命を喪っていたら、なにも知らないまま幸せな思い出だけを胸にあの世に逝くことができたのに。

「こんなところにもあったのか」

うなじを撫でる彼の指先。それは敵兵の剣がかすめたときのものだ。

うなじから首筋、鎖骨に移動する彼の指。その指先には、アンドレアが優しかった頃のふたりの思い出が残っているのだろうか。こんなにも変化してしまった自分の肉体に触れてどんなふうに感じているのだろう。

その昔、『なめらかで陶器のように美しい』と彼がたたえた肌は、醜い火傷や傷痕といった戦争の痕跡を刻みこみ、今ではひび割れた陶器のようになっている。

まるで自分たちの関係のようだ。そう思うと、胸の奥に冷たい涙が溜まっていくように感じた。

——アンドレアが……同じ母から生まれた兄だったなんて。母に殺されそうになり、私にも見殺しにされそうになり……。

その胸に憎悪だけを息づかせて生きてきた異父兄。同性、しかも血のつながった兄弟同士で躰をつなぐという最低の罪をこの身に負わせた男。

誤解したまま自分を憎悪し、乱暴に穢し、最低の地獄に堕としてやると宣告し、ハレムに送りこもうとするその異父兄を、しかしレオーネはどうしても憎むことはできなかった。恐らく自責の念があるからだろう。

彼の憎悪に、自分の生が起因していること。と同時に、あれだけ長く一緒にいたのに、その内側の情念に気づくことがなかった己の不甲斐《ふがい》なさに。

「こんな醜い男、スルタンに捧げる価値はないだろう。やはりこの首を手渡したほうがいいと思わないか」

「いや、生きた芸術作品としてお喜びになるはずだ。トルコを苦しめ、トルコとの戦いで傷ついた強く雄々しい軍人、しかも高貴な生まれの男が、性奴隷となってスルタンに足をひらく。これほど楽しいことはない」

「……っ」

思わずその頬をはたこうとして、反対に手首を掴みとられる。

「いっそ殺してくれ。おまえの手で」

そのほうが本望だ。憎いならその手で殺して欲しい。それで復讐は完遂されるではないか。これ以上、背徳的な躰の関係を結ぶよりは。

「おまえを嬲り殺すことはいつでもできる。その前に搾れるだけ快楽を搾りとっても遅くはない」

「……ぐ……っ！」

窓辺に押さえこまれ、重々しい体躯にのしかかられる。逃げたくても首輪に喉を圧迫され、それ以上先に行けない。

「傲慢《ごうまん》で、いやらしい女の血を引いた淫売かと思えば、その身に深い傷を負い、故国のために戦い続けていた勇者だったとは。それとも、あの女のトルコへの怨念《おんねん》がおまえに乗り移ったのか」

冷たい声で告げる男から不思議な香りが流れてきた。麝香《じゃこう》だろうか。この国のものとは違う。異国情緒に満ちた、東洋の匂いがした。

「そこまでヒロイズムに満ちた人生は歩んでいない。私はただ軍人として戦ってきただけのことだ。軍人が命を懸けずしてどうする」

「この勇猛な肉体の痕跡をごらんになったら、スルタンはおまえに希少価値を見いだし、トルコではとことんかわいがってくださるだろう」

「かわいがってもらっても困る。そもそも私をスルタンの寝所に送りこんだりして、暗殺でも警戒したほうがよいのではないか」

「おまえはそんなことはしない。そんなことをすれば、たちまちトルコ軍はベネツィアに攻め入ることになる。それに……」

「それに？」

「その心配はない。ここにいる間に、俺が責任を持っておまえをスルタンにふさわしい性奴隷に仕立て上げていくので」

アンドレアの手が胸に触れる。乳首を指でぎゅっと潰されただけで、媚薬が再び血流のなかで暴れだす予兆を感じ、息が震えそうになった。

「ん……っ」

皮膚のなかにねじこむように押し潰され、甘い戦慄が全身を駆け巡る。

「あぁっ！」

喉からあふれるかすれた嬌声《きょうせい》。快楽の火種が埋み火のように残っていたため、耐えきるだけの余力がなかった。

「どうした、この程度で陥落か」

「ん……ふっ……誰が……陥落など」

「もっと快楽を覚えろ。どこをどうされたいのか、なにが欲しいのか、きちんと言葉にしてみろ」

「誰が……そのような恥知らずな真似を……」

するものか……と言いかけた刹那、ぷつりと乳首をつままれ、かっと火が散ったような衝撃を感じてレオーネは大きく身をよじらせた。

「あぁっ、あっ！」

激しく、荒々しく乱暴に突起を揉みしだかれ、耐えきれずに腰がよじれる。

「あ……いやだっ……やめろ。快楽なんていらないっ。欲しいものなんて……ない」

「わかった。それなら要望に応えよう」

アンドレアは意地の悪い笑みを見せた。

「え……」

「俺を楽しませてみろ」

アンドレアは冷ややかに吐き捨て、首輪の先についたロープをぐっとたぐった。

「あぁっ」

躰の均衡を失い、がくんと膝からくずおれてしまう。中途半端に煽られた下肢は疼いたままでひどく苦しい。

「く……っ」

ロープを一重二重と手に巻きつけたあと、アンドレアはレオーネの前髪をわし掴み、顔をあげさせた。

「快楽が欲しくないのなら、代わりに俺に快楽を与えろ」

首輪につながれた首が不自然なほどきつい角度になり、革の首輪が皮膚を圧迫する。筋肉がぴくぴくとわななき、冷たい革からうける拘束感に顔が歪む。

「さあ、銜えろ」

「銜えろって……なにを……」

「奉仕するんだ。俺の性器をおまえの口で悦ばせてみろと言ってる。施しを与えたときのように、慈悲深くやってみろ」

「バカな、そんなこと」

見あげると、アンドレアは冷徹にこちらを見下ろしていた。支配者としての絶対的な威圧感に圧倒されそうになる。

「やれ、スルタンを悦ばせるだけの技術を身につけろ。ベネツィアの平和のために捧げ物になるんだろう？　そのくらいできないでどうする」

ベネツィアの平和……。その言葉が重く胸にのしかかり、レオーネは息を詰めると、覚悟を決めてアンドレアの衣服に手を伸ばした。

衣服の奥のそれは、まだ何の予兆も示していない。

同性の性器に快楽を与える……。幾度かの自慰と、それにこれまでの人生のわずかな性交渉の経験から、これをどうすれば悦ばせられるかは知っている。尤も同性のそれなど、実際に口に銜えたことなど一度もないが。

「早くやれ」

髪をさらに引き掴まれ、さらに顔を上向きにされる。ひざが床をこすり、下肢と腿がずるりと床をすべる。

「う……っ」

息苦しさに顔を歪めたそのとき、股間《こかん》を押しつけられた。ぐぅっと口内に挿《はい》ってくる性器の先端。唇を歯列ごと押し広げられ、まだ完全に勃《た》ちあがっていない性器が口腔《こうこう》へと押しこめられていく。

「う……ん……っ」

呼吸ができない。しどけなく床に投げ出したひざがわななき、身を硬直させたレオーネの口内で男の牡《おす》が尊大なほど大きく膨らんでいく。

「ん……ぐっ」

口腔を硬い屹立が圧迫していく苦痛。喉まで届きそうな先端からほんのりと先走りの雫が滴っている。

「銜えているだけではだめだ、おまえの舌を使って」

頭上からの威圧的な命令が脳に響く。かつては己の足先すらあがめるように拭ってくれた男が、こともあろうに性器をつきつけ、奉仕しろと最低のことを命じてくる。

その心に潜んでいた憎しみによってこちらに恥辱を与えるかのように。

「ん……ぐっ……あ……」

口内から少しだけそれを出し、唇で音を立てて吸い、舌で弄んでいく。

昨日、自分の躰を貫き、ほしいままに蠢《うごめ》いていたそれを、今度は己の口内で新たなる凶器となるように育てている。

「何だ、その鈍い動きは。そうだ、もっと舌先に力をこめて」

「ん……っ……ふ」

先走りの蜜がとろとろとレオーネの唇を濡らす。そのぬめりを舌に絡めながら、性器の根元を掴み、先端の窪みに刺激を与えていく。

何度も何度も同じ動きをくりかえしていくうちに、アンドレアはレオーネの髪をさらに引き掴み、乱暴にそれを出し入れさせた。

「ん……っぐぅ……んっ」

喉が痛い。首筋が引きつる。おとがいががくがくと痙攣し、それを銜えた唇の端からとろとろと唾液が落ちて床を濡らしていく。

猛々しい牡の性器がこれ以上ないほど反り返り、彼の先走りと己の唾液とが混ざりあい、

唇はしたたかに濡れそぼっている。

「いやらしい顔だ。凛《りん》とした軍人の仮面の下に、そんな淫らな顔を隠していたとは」

頭の上で響く皮肉めいた声。なつかしい彼のその声音。揶揄されているというのに、なぜか胸の奥が切なさに疼いた。

どうしてだろう。躰中の傷痕に触れられたせいだろうか。それとも彼が異父兄だったことを知り、躰のなかに流れる血が知らず慕わしさを感じてしまっているのか。或いは、ただ純粋に彼が生きていたことに喜びを感じているからだろうか。

たとえその内側に果てしない憎しみを抱え、悪魔のように自分を地獄に引きずり堕とそうとしている男だったとしても。

「ん……っ……」

「どんどん仮面が剥《は》がれていくな。生まれながらの男娼のような表情をして」

こちらを侮りながらも、口内で脈打つ棹《さお》があきらかに快感を得ていることがわかり、何故かレオーネの下肢までもが熱くなってきていた。

同じ男というせいか、彼の快楽を連想してしまったせいだ。屈辱感と理性とは別のところで、重苦しい疼きが芽生えている。

「ん……ぐぅっ……っ」

口腔を圧迫する巨大な肉塊。硬くて熱い。はあはあと肩で息をしようとするが、あまりにそれが大きくて圧迫感に意識がもうろうとしてくる。

酸欠を起こしたようになったレオーネに気づいたのか、アンドレアはレオーネの首輪をひっぱって立ちあがらせた。

「今日はそのあたりでいいだろう。明日から毎日やれ」

アンドレアはレオーネを寝台の柱に押しつけた。その反動で天蓋からつるされたカーテンが大きく揺れる。

「ひっ……いやだ……あぁっ……」

「殺されなくてよかったと思うほどの、快楽を教えてやるよ」

アンドレアの指先が先端に触れ、どくどくと甘い蜜が滴り落ちる。すでにそこはしとどに潤み、内腿の付け根の間が蒸れたようになっていた。

「いつの間に、こんなにしていたんだ。恥ずかしい躰だ」

レオーネの蜜を指に絡め、アンドレアはあきれたように嗤う。とろとろと性器からあふれ出てくる露。さっき下半身が重く疼いていたときのものだ。

それを指先で掬いとり、アンドレアが後ろの窄まりに触れる。ぐぅっと肉の環を指で広げられ、カッと駆けぬける甘い痺れに総身が打ち震えた。

「あ……あぁ……っ……」

熱い波が衝きあがる。昨日の情交で爛《ただ》れきったそこは、哀しいほど柔軟に彼の指を飲みこんでいく。

「物欲しそうに俺の指を銜えこんで。復讐されているというのに。はしたない孔《あな》だ」

「あぁっ、あ……なぜ……こんなことに……お願い……もう……やめて」

二本の指が襞をこじ開けるその猛烈な刺激に心臓が止まりそうになる。腫《は》れたようになっている粘膜をぐりぐりと嬲られ、執拗なほど内壁のなかで蠢く指先。

レオーネの肌は汗ばみ、いつしか反り返った性器の先端からとめどなく粘液があふれでていた。

「まだ媚薬が残っているようだ。このまま一気に天国へ駆けのぼれるぞ」

低い声。ひざを抱えあげられ、背筋にぞくりと寒いものが奔った。

窄まりの環を割り、硬質なものの先端が体内に挿ってこようとしている。自分の口が育てた性器が凶器となって襲おうとしていた。

レオーネはたまらずカーテンをにぎりしめた。

「いやだ……っ」

ぐうっと突きこまれた瞬間、知らず手に力を入れていた。

頭上からカーテンが落ちてくる。

ふたりの躰に布がかかった刹那、猛々しい屹立が感じやすい奥の部分を貫く。強烈な衝撃が脳まで駆けのぼってきた。

「おまえの躰が淫らに変化するたび、憎しみが浄化されていく。復讐しているという実感によって」

「アンドレア……」

「おまえを俺と同じ地獄に引きずり下ろす、それで…俺は救われる」

救われる？　ああ、この男はずっと地獄で独りぼっちだったのだ。ふいにそのことがレオーネの胸で確かな実感となった。

そして何故か己の過去が許された気がして躰が軽くなる気がした。

この男から責められることに、自分は奇妙なほどの心地よさを感じている。

それは一体どういうことなのか。長い間、ずっと罪の意識を感じていたことを批難されることに、自分の罪が軽くなるとは思わない。けれどそれでも彼が生きていて、過去への怒りを口にしてくれることで、罪の意識が軽くなるのはどうしてだろう。

「……私は……ずっと待ち望んでいたのかもしれない」

そんな言葉が自然に喉から出てきていた。

そう、ずっと待ち望んでいたではないか。彼が地獄に引きずり下ろしてくれることを。見殺しにした罪、手放したことへの後悔から救われるために。

兄弟だと知らされ、誤解された上に激しい憎悪をぶつけられ、彼の感情の激しさに驚愕するあまり、忘れそうになっていたが、それこそが本望ではなかったのか。

彼の手によって断罪される日を、ずっと待っていた。

自覚したとたん、さらに躰が軽くなる気がして、レオーネはくすくすと嗤っていた。

「なにがおかしい」

目を眇め、男が問いかけてくる。レオーネは、目蓋を閉じてかぶりを振った。

「何でも……ない……何でも」

もっと憎しみをぶつけて欲しい。もっと憎いと言って欲しい。もっと復讐してもかまわない。それだけで罪が軽くなる気がするから。どうしたのだろう、どういうわけかそんな歪んだ衝動が湧いてくる。

「実の兄に犯されて気が変になったのか」

確かに……そうかもしれない。いや、狂ってしまったほうがどれだけ楽だろう。

そこにいるのは、なによりも大切な存在だったアンドレア。その男が自分に復讐心を抱き、別の男に捧げるため、貶《おとし》め、蹂躙《じゅうりん》することに悦びを見いだしている。その事実を前に、どうして自分は狂ってしまうことができないのだろう。

そんな歪な感情と快楽のはざまに大きく心を揺さぶられながら、レオーネは彼が与える快楽のなかに溺れていった。

ザザ、ザザ……と聞こえる波の音。窓の下には小さな運河が流れている。ちょうど行き止まりになっているため、殆どそこを訪れる者はいない。

しかしその下にある通用口に、時折、使用人たちの乗ったゴンドラや、魚売りの漁夫がゴンドラに乗って現れる姿が見える。

窓辺に佇み、レオーネは鉄格子のむこうに行き交うゴンドラをぼんやりと眺めていた。自分の背丈ほどの長さしかない首輪でベッドの柱につながれているため、アンドレアがこの部屋にいない時間、窓辺に近づいて外を眺めることしかできない。

そうしてなにをするわけでもなく一日を過ごし、夜、アンドレアがやってくると彼と性交をくり返す毎日。

——私はなにをしているのだろう。もう何日経ったのだろう。

波の音とゴンドラの櫂の音、あとは鐘の音しか聞こえない空間で、なにもしないで過ごしていると、だんだん自分が何者かわからなくなっていく。

アンドレアがいない時間は、ギリシャ風の白いチュニカのようなものを身につけ、窓から外の様子を確かめているか、使用人が用意した食事を食べているか、寝台で睡りにまどろんでいるか——そんなことしかすることはない。

部屋には、彼がトルコから持ってきた深紅の芥子《けし》が飾られているだけ。

あとはなにもない。毎朝、香が焚《た》かれ、芥子の樹脂を元に練りこんだ粉を麝香と混ぜあわされた香りが室内に溶けこんでいく。

その香を吸いこみ、ザザ、ザザ……という波音を聞いていると、少しずつなにもかもどうでもよくなっていく。ここに閉じこめられてからずっと本能が爆発するかのように時間を忘れ、ただの獣となったような彼に蹂躙され続けた。

何度も何度も躰を繋ぎあわせた。自分がアンドレアと性交に及んでいることに違和感を抱くこともなく、躰を溶けあわせていた。

何で自分はこんなことをしているのだろう。屈辱や悔しさはどこにいったのか。

窓辺に頭をあずけ、床にしどけなく足を崩して座ったまま、不規則な波の音に耳を傾けている。

実態のない夢のなかをさまようような感覚のまま、すぅっと睡りにつく。そして日が暮れてアンドレアがくるまで逸楽の睡魔のなかに身を委ねる。

兄のシルヴィオはどうなったのだろう。

ベネツィアとトルコの話しあいはうまくいっているのか。最初はそのことも気がかりで仕方なかったのに、芥子と麝香の不思議な煙を吸い、波音を聞いていると、現実のことがどうでもよくなってくる。

躰はいつもけだるく、下肢に鉛玉を入れられたように重たるい。ただ睡眠と逸楽だけが欲しい。

男から与えられる毒のような快楽。もう媚薬を使われてもいないのに、彼の腕に組み敷かれただけで、どくんどくんと鼓動が脈打ち、皮膚が勝手に燃えあがってしまう。

最初は苦しくて仕方のなかった口淫《こういん》も、今では舌と唇で快楽を与えることができるようになった。自分でそこを弄び、男に跨がって腰を振ることも平気になってしまった。矜恃《きょうじ》も羞恥もどうでもよくなって。

彼と躰をつないでいる間、いつも脳のなかを波の音が刺激する。

そのせいだろうか。こうしてひとりでいるときも、波の音を聞いただけでけだるく甘美な感覚に支配され、躰の奥の官能の火がちろちろと熾火《おきび》となって疼いている。

「——どうした、こんなところで眠ったりして」

背中を抱きあげられ、レオーネは睫《まつげ》を揺らした。彼はいつものように元首宮殿から帰ってきたばかりの、トルコの正装を身につけている。腰には半月刀。そういえば何度となく躰をつないできたが、この男が自分の前で裸体になったことは一度もない。白いターバン、白いシャツに、膝の長さまである金の刺繍《ししゅう》がほどこされた絹製の上着、それに白いズボン。

常に手の届くところに半月刀があり、ここで睡りに陥ることもない。

——私を警戒しているのか。それとも他に理由があってのことか。

前髪のすきまから見あげる。アンドレアはレオーネの額髪をそっとかきやった。

「眸に生気がない。おまえらしくないな」

「…ここにいると……気がおかしくなる。おまえは私を狂わせようとしている」

抱きあげられても初めの頃のように反発する気力はない。荒淫の疲れに気力を奪われ、ぐったりと彼にしなだれかかることしかできなかった。

「芥子と麝香の匂いがする」

寝台に横たわらされる。レオーネは男の双眸を見あげた。

「官能的で、淫靡な香りだ。ハレムでは、スルタンの寵姫たちはいつもこんな香りをさせている」

アンドレアからも同じ香りがする。自分の匂いが移ったのだろうか。けれどどことなく野性味と潮の香りが加わって官能を刺激してくる。

「レオーネ、おまえ、明日から仕事に復帰しろ」

「仕事？」

なにを言いだすのだろう、この男は。見あげると、美しい闇色の双眸がレオーネを覗きこんでいた。

「海軍省で働けと言っているんだ。俺が帰国するまでの間……」

「どうしてそんなことを急に。私はスルタンへの献上品ではなかったのか」

「現在、人質の名簿作成の仕事が停滞している。身代金の金額も。途中まで書類を作成していたのは……おまえのはずだった」

レオーネは半身を起こし、忌々しい気持ちで舌打ちした。

「私の能力が必要だから仕事をしろと？」

「ああ」

「ふざけるな。今さら、どんな顔して海軍省に顔を出せばいいんだ。元首宮殿にいる者は全員が知っている。私が男の性の慰みものにされていることを。その上で、みんなの前に顔を出せと言うのか」

レオーネは投げやりに吐き捨て、鼻で嗤った。

「ああ、そうだ」

アンドレアが無表情に答える。レオーネは鋭く男を睨みつけ、舌打ちした。

「好奇の目に晒されるんだぞ。男娼のように落ちぶれた男と見られるのを覚悟で宮殿で仕事をしろと言っているのか」

「ああ」

「建国から続く伝統あるフォスカリ伯爵家の息子が、ベネツィア海軍の一個艦隊を率いていた私が……」

「揶揄されようと、侮られようと気にする必要はない。短期間だけのことだ。それにどのみち、おまえは俺とともにコンスタンティノープルに行く身」

「勝手なことを。みんなに顔をあわせるなんて……そんな辱めを……」

「どうせなら見せつけてやれ。俺に抱かれ、以前よりも美しく艶めかしくなったその姿を。おまえをスルタンの捧げものにすることで保身をはかったベネツィアの他の貴族どもや、おまえの首を斬って金を得ようとしていた者に」

「……最低だ、おまえは」

これ以上、自分に恥をかかせようとするのか。こんなにも苦しめ、この男はさらになにを望むというのか。

「俺の復讐は……おまえの矜恃を辱めることだ。苦しめられ、心を傷つけられ、それなのに絶頂を迎えてしまう己の淫らさ。心と躰のはざまで揺れる、おまえの複雑な表情ほど極上の美酒はない」

低い声が官能的に耳朶を撫で、熱いくちづけをされる。

「……ん……」

反発したかったが、肉体的なけだるさが気力を奪い、それ以上なにかを口にする気にはなれなかった。

——明日から海軍省に……行くのか。

ぞっとした。これまで恭しく接してきた者全員に、異教徒に身を犯され、男娼のように落魄《おちぶ》れた者という眼差しをむけられるのだ。

考えただけで死にたくなるほどの屈辱だ。誰もが知っているというのに。

胸が裂かれそうだった。けれど同時にしたたかな欲望の種が胸に湧いてくる。

――だが、これは絶好の機会かもしれない。いや、唯一の……そう、千載一遇の。

スルタンへの捧げものにはなりたくない。ここで快楽に溺れ、人間らしさを失っていくのも怖い。シルヴィオの安否も気になる。

だけどここに閉じこめられたままではどうすることもできない。けれどこのままではいられない。外出すれば、なにか変わるかもしれない、
そのためならどんな好奇の目にも耐えてやる。胸のなかで強く決意し、レオーネは自分を抱く男の腕に身を委ねた。


久しぶりの元首宮殿だった。アンドレアに閉じこめられていた数週間の間に、すっかり夏めいた陽射しが降りそそぐようになり、日向《ひなた》にいると自然と汗ばむほどの陽気になっていた。

海軍でも長くこの街を離れていたが、自分の立場が大きく変わってしまったせいか、元首宮殿のムーア式の大理石のアーチや石造りの階段、木製の家具や木組み、それに天井のなにもかもをひどく懐かしく感じた。

「おまえはここで仕事を。監視の目があることを忘れるな。俺は二階にある謁見の間で、元首のリッピと、金銭の交渉を行う」

アンドレアは一階にある海軍省の扉の前までレオーネを連れていくと、そのまま二階にむかった。海軍省の重々しい扉の前には、見たことがない顔立ちのトルコ兵。そこだけではない。元首宮殿の中庭にも、隣接するサン・マルコ寺院の入り口付近にも赤い制服を着たトルコ兵の姿があった。

——ベネツィアは……トルコに支配されかけているのか？

胸に湧く疑問。どうやらわずかな時間の間に、アンドレアたちトルコ人は、このベネツィアで多大な権力を握り始めているらしい。そのことがわかった。

彼らの目的は、内側からベネツィアを崩壊させ、自分たちの支配下に置くことだったのではないのか。

そんな疑問を抱きながら、レオーネは海軍省の扉を開けた。

「失礼します」

ノックをし、中に入るとそこにいた者全員が驚いたような顔でレオーネを見つめた。

ここにいる全員が知っている。レオーネがスルタンへの献上品として、アンドレアから性の奴隷にされていることを。

恥ずかしい。情けない。本当はこんな場所にきたくなかった。

「……甘い香りがしますね。異教徒と同じような」

海軍省の奥で誰かが呟くと、クスクスと忍び笑いが聞こえてきた。

「東洋の香料の匂いですよ。麝香か龍涎香か。トルコ人のハレムでは、男娼もこのような匂いをさせているとか」

竦《すく》んだ鼓動が音を立ててしまいそうなほど大きく脈打つ。耐えなければ、こんなことくらい覚悟していた。

内心で舌打ちし、レオーネは鋭利な口調で言った。

「こちらで名簿作成の仕事をするようにと言われました。早速、とりかかりますので、私がいなかった間の資料を見せてください」

レオーネは以前に自分が使用していた机にむかった。すると海軍省の幹部たちが笑顔で話しかけてきた。

「よかった、今日から新たな人員がくると聞いていたが、君のことだったか」

「レオーネどのがきてくれたのなら、これで仕事がうまく運べる」

レオーネは机に運ばれてきた資料を見て、肩で息を吐いた。

――何てことだ、まったく仕事が進んでいないじゃないか。

アンドレアがここにくるようにと言った理由が一目でわかった。完全にレオーネがいなくなったときのまま、進行していないことがわかる。

一体、ここにいる者たちは、これまでなにをしてきたのか。自分が懸命にやってきたことは何だったのか。たかがシルヴィオの残した借金で、たかがアンドレアの復讐のため、自分は仕事から退くことになったが、それによってこのような結果になっていたことに激しい憤りを感じる。

――私は……ベネツィアのためにアンドレアにこの身を売り渡したが……それだけでは駄目だ。身を売るだけでは……。

いたたまれない気持ちになっていたが、トルコの男の愛人であろうが、性の慰みものであろうが、ここにいる面々よりも自分のほうが仕事ができるのなら、何の遠慮が必要だろう。

「一体、これはどういうことですか。なにも進んではいないではありませんか」

レオーネはパンと掌で机を叩いて立ちあがった。アンドレアは好きに振る舞っていいと言った。それなら、そうするだけのことだ。

「今日から名簿作成は私の指示に従ってもらう。このままでは仕事にならない。トルコの特使の許可ももらっている。いいな」

海軍省がシンと静まりかえる。

誰がそんな命令に従うものかという態度が感じられたが、無視してレオーネは机に座り直した。

するとどこからともなく自分を詰《なじ》る声が聞こえてきた。

「生意気な男だ。それにしてもよく顔が出せるものだな。トルコの男の嬲り者にされている分際で、あの無礼な命令口調はどういうことだ」

「しかも相手はかつての従者だろう。さんざん弄ばれているうちに頭がおかしくなったんじゃないか」

トルコの男の愛人とされたレオーネに対する周囲の目は冷ややかだ。そんなことくらいわかっている。

本部勤務に出れば出るほどレオーネのプライドは傷つけられることも覚悟していた。

誰もが憐れみの目で自分を見ている。かつての従者に買いとられ、スルタンへの捧げものとなりながらも、まだ惨めたらしく生き恥を晒している自分を。


レオーネが海軍省に通うようになってからは、人質の身代金のための名簿作りも順調に進むようになった。

二階の広間では、連日のようにトルコの特使とベネツィア議会との間で、今後の東地中海貿易の利権について話し合いがもたれていたが、そろそろ本格的な条約の締結がなされるらしいという噂が耳に入ってきていた。

――交渉が終われば、アンドレアはトルコに戻る。そのとき……私はスルタンへの捧げものとしてこのベネツィアを離れなければならない。

愁《うれ》いがあるとすれば、フォスカリ伯爵家の行方だ。兄のシルヴィオは行方不明のまま。義弟が家督を継ぎ、義母とともに伯爵家を動かすことになっているが。

海軍省に出るようになってから頭も躰もすっきりしていることに気づいた。

誰にも会わず、芥子と麝香の匂いがする部屋で快楽に溺れていると自分がだめになる。おかしくなってしまう。そのことがはっきりとわかった。

――だが……それよりも……。

窓辺に立ち、レオーネは深刻な表情で小運河を見下ろした。

心配なのは、このままベネツィアがトルコに支配されやしないかということだ。自分のこの身と同様に、この街までもがアンドレアに侵食されている。

不審に思い、調べたところ、彼がかなりの不動産を買い取っているのがわかった。それに船舶や、商人たちの商売の権利も。

それがスルタンの目的なのか。それともアンドレアの意志で動いていることなのか。意志だとしたら、それも彼の復讐なのか。

ベネツィアは確実に彼に蝕《むしば》まれていっている。

――アンドレアを殺すしかないのだろうか、アンドレアを殺し、このベネツィアの海に沈め、再びトルコからこの街の平和をとり戻すことしか。

いずれは死を……と覚悟していた身だ。彼をひとりでは死なせない。彼を海に沈め、自分もともに沈む。

レオーネは懐から短剣をとりだした。

自殺防止と、アンドレアへの抵抗防止のため、レオーネは刃物を持つのを禁じられている。果物や肉を切るナイフさえ手にさせてはもらえない。

海軍省にいるときもこちらが危ない真似をしないか、始終、トルコ兵が見張っていた。それでも、一番奥にある書庫にいくときだけは監視の目がなくなる。書物しかないと思っているから安心しているのだろう。だが、そこにはベネツィアに贈られてきた宝物の一部も保管してある。そのなかに短剣があるのをレオーネは知っていた。

宝物用の箱を開け、刃が研磨された短剣を選び、レオーネは衣服の内側に忍ばせておいた。

唯一の武器。これでアンドレアが殺せる。そして彼の復讐心を葬り去り、海に封印しよう。そう思っていた。

——許してくれ。このままトルコに支配させるわけにはいかないんだ。ベネツィアを護りたい。代わりに、おまえにはこの命をやる。だから……。

心のなかでそう決意したとき、アンドレアが部屋に現れた。

「どうだ、海軍省本部の勤務は」

「別に」

久しぶりに強気な言葉が口から出てくる。短剣は袖のなかに忍ばせ、いつでも取り出せるように鞘《さや》から抜いておいた。

「トルコの男の愛人に成り下がりながら、それでも高慢な態度で仕事の場を仕切ろうとするおまえに不満の声があがっているようだが」

「では、明日、あいつらに言っておこう。私の存在に不満があるなら、仕事を完璧にこなしてから口にしろ……と」

レオーネの返事に、アンドレアが呆れたように嗤う。石造りの壁に彼の低い笑い声が響く。

「おもしろい男だ、気の強いところは母親に似ているが、おまえはそれ以上に……」

「それ以上に？」

睫を揺らして問いかけたレオーネに、アンドレアはかぶりを振る。

「いや」

しばらくの沈黙。窓の外から聞こえてきた波の音に、また躰の奥の官能を呼び覚まされそうな気がして、レオーネは少しでも話を続けようと彼に問いかけた。

「トルコでどうやって生き延びたのか……話してくれないのか」

「スルタンが気に入ってくれただけだ、復讐したいという俺の気持ちを。復讐と憎しみ、それは最も美しく、最も強靱な動機だとおっしゃられて」

わずらわしそうにターバンから落ちた前髪をかきあげ、皿に積まれていた小さな木イチゴを摘むと、アンドレアはレオーネの唇に近づけてきた。目を細め、じっとしていると、彼は木イチゴの先でそっとレオーネの唇を撫でていった。

「……ん……」

ふっと鼻腔に触れる甘酸っぱい匂い。彼は感触を楽しむように、果実の先で唇の弾力を確かめていく。

「立場とは、残酷なものだ。その身分ゆえに、伯爵家の生まれゆえに、おまえほどの勇将が……敵国の男に首輪でつながれ、快楽でどうしようもなくなったようなよがり声をあげ、めちゃくちゃになるまで調教されなければならないなんて」

「本当だ。おまえほどの男が復讐に囚われ、こんなことをして」

「減らず口を」

唇の隙間に、きゅっと木イチゴを押しこまれる。

「ん……っ」

歯列を割り、やわらかな果実がぷるりと口内に入りこんでくる。そのまま唇が重なっていく。舌先が木イチゴを口内へと送りこんでくる。

ぷつり、と弾けた木イチゴの甘ったるい匂いが一気に口内に溶け落ちる。するりと舌を搦めとられ、気がつけば目蓋を閉じていた。

「……ん……ん……っ」

窓の外からは、あかね色の夕暮れ。もう夏が近づいている。

陽射しも、水の街にたゆたう空気や濃密な湿度も、この男の唇も抱きしめる腕も……なにもかもが濃くて熱い。

「レオーネ……俺の憎い弟……」

アンドレア。愛しい従者。いや……自分を苦しめる異父兄。たったひとりの肉親である弟を憎み、地獄に堕とすことを生きる糧にしてきた男。

「ん……ふ……」

唇が摩擦する熱。体温。これはジャスミンだろうか。ベネツィアにはない、東洋の匂い。トルコの香り。それが胸を締めつける。そして実感する。

——すまない、アンドレア。一緒に海に還ろう。このままおまえを生かしておくことはできない。

この男は自分をスルタンへの献上品にするためにこんなことをしている。それだけならいい。けれどその憎悪は彼を悪魔のような男に仕立て、今、このベネツィアをトルコの驚威に晒している。このままではいけない。このままだとこの国は滅んでしまう。

――今しかない。今がチャンスだ。

舌先を絡め、顔の角度を変えて濃密なくちづけをくり返しながら、レオーネはその背を抱く振りをしながら、アンドレアのうなじに剣先をむけた。このまま力をこめればそれでおしまいだ。

――許してくれ。

心臓が荒々しく脈打つ。次の瞬間、レオーネは手に力をこめていた。

「――――っ！」

しかし彼のうなじを突き刺しかけた刹那、唇が離れた。

「あ……っ」

ふいに手首を強い力で跳ね上げられ、掌から剣が奪われる。

ザクッと鈍い音が響いた。アンドレアのうなじを突き刺そうとした剣は、彼の手に払われ、傍らにあった肖像画のなかの彼の首筋を突き刺していた。

「……っ」

「俺を殺す気だったのか。甘いくちづけをしてきたと思ったら」

冷ややかな眼差しで睨《ね》めつけられる。

「言っただろう、寝首を掻くかもしれんと。私はおまえをこのまま生かしてはおけない。おまえは……ベネツィアをトルコの属国にするために、派遣されてきたのだろう」

「今頃、気づいたのか」

当然のように言ったアンドレアに、レオーネは目を見ひらく。

「シルヴィオは気づいていたようだが」

「だから、兄に罠を……」

「ああ、わざと泳がせ、裏切りの証拠を掴み、船を襲ってやった」

「では……我が家の借財は……。兄の借金は……。それは関係ないことじゃないか、兄とは母が違うんだぞ」

「それも復讐だ。おまえが存在するフォスカリ家へ」

「――っ！」

バカな。そんなことがあっていいのか。関係のない兄までも巻きこんでしまって。

「あの女と婚姻し、あの女の血を引くおまえを誕生させた以上、フォスカリ家自体も俺の復讐の対象だ。だからシルヴィオにも罠をかけた」

罠だったなんて。兄の借金も我が家の借財もアンドレアの策略だったなんて。

そう思うと、すべてが虚《むな》しく、やりきれなかった。兄に申しわけない気持ちと同時に、己の手でなにもできない無力さへの腹立たしさがこみあげてくる。

せめて四年前までにアンドレアの心の憎しみに気づくことができたら。最初に会ったときに惹かれた感情が兄に対する慕わしさだったとわかっていれば。

「もうやめてくれ。もうなにも聞きたくない。おまえを殺して、私も死ねたら。もう耐えられない！　おまえのような悪魔をどうして神は……」

この世に誕生させたのか、と言いかけ、レオーネは言葉を止めた。その漆黒の双眸に揺れる冥い焔に気づいたからだ。

右目を眇め、片頬をあげてアンドレアが冷笑する。

「いいさ、殺せるなら殺してみろよ。この世から消してみろ。あの女がやろうとしたことをおまえが引き継げば……それですべてが終わる」

嗜虐に満ちた声。ひずみのある低い声に、胸が突かれた。

そうだった……彼は母親から。

「――――っ！」

とっさにレオーネはアンドレアを突き飛ばし、廊下に飛び出した。

あの女がやろうとしたこと――――。

目の前で母親が父親を殺し、あまつさえその手で我が子を殺《あや》めようとした。

そのときの彼の心の傷、彼の憎しみの原点がそこにある。これまで自分にむけられていたと思いこんでいたけれど、違う、彼の憎悪はそこに起因するのだ。

――母上……あなたは何ということを。

哀しくて悔しくて情けなくて胸が潰されそうだった。

彼は生まれながらの悪魔ではない。彼を悪魔にしたのは母の行為であり、その母から生まれた自分の存在だ。それゆえ、彼はずっと地獄にいる。彼の魂は憎悪と絶望に満ちた孤独な地獄をさまよっている。

中庭にまで降りていくと、レオーネは壁に手をつき、大きく肩を震わせた。

これから、どうすればいいのかわからない。彼の心の傷をどうすれば、塞ぐことができるのか。どうすれば彼がその人生を幸せだと感じることができるのか。

「レオーネ」

追いかけてきたアンドレアが現れ、肩をわし掴みにしてくる。振りむき、レオーネは男を見あげた。激しく胸が痛み、深い哀しみだけが冷たい水となって広がっていく。

「逃げるな。おまえに逃げる権利はない」

「なら、私を殺せばいい。それでおまえが幸せになれるのなら」

「殺せ殺せ、二言目にはそれか」

嘲弄《ちょうろう》するようなアンドレアの言葉。ぶつかりあう互いの視線。ふたりの緊迫した様子を柱の陰から、数人の使用人たちが心配そうに見ている。彼らにとってレオーネはかつての主人であり、アンドレアはかつての使用人仲間でもあった。

「殺す気はない。おまえはスルタンへの献上品だと言っただろう。せっかくここまで美しい性の奴隷にしてきたのに」

アンドレアの長い指先がレオーネの首筋を撫でていく。それだけで総身が震えた。

「もう一度、おまえに自分の立場を思い知らせる必要がある。二度と俺に反発などしないよう、思い知らせてやる」

その言葉に以前のような屈辱を感じないのはどうしてだろう。それで彼の胸が空《す》くのならいくらでもこの身に復讐すればいいと思う。

けれど本当にそれで彼は幸せになれるのか。復讐を果たしても彼のなかの憎悪や絶望を消し去ることはできるのか。孤独な闇から救われる日がくるのか。

「アンドレア、私は……」

「こい！」

見あげた瞬間、レオーネの躰は中庭の奥にある井戸の前にひきずられていった。


「あ……っ、やめろ……こんな……」

夜の帳《とばり》に包まれた中庭でアンドレアから凌辱された。

中庭は決して狭いわけではない。しかし広くもない。

松明の火が届かない、井戸の縁。おそらく暗闇のなか、シルエットだけが見えるか見えないかといった程度の場所だったが、息づかいや淫靡な音、それにふたりの影は、この家のなかにいる使用人からもトルコ兵からも確かめることができただろう。

怒りにまかせたようにレオーネを中庭に引きずりこんだアンドレアは、そのまま井戸の縁に手をつかせ、後ろから突きあげてきた。

ろくに慣らしもせず、腰を掴み、ぐいぐいと肉をぶつけるように刺し貫く。

最初は痛みに叫び声をあげてしまいそうだったが、毎夜のように彼に慣らされた肉体はすんなりとその肉塊を受け入れ、収斂しながら呑みこんでいる。

「ん……っ」

ずっ、ずっ……と内部が埋め尽くされていく。臀部《でんぶ》に触れる別の人間の肌。すっぽりと根元まで挿りこんでいるのがわかった。

「こんなにもあっさりと根もとまで呑みこんで。いやらしい躰をお持ちだ」

あたりにいる使用人たちに聞こえるようにか、わざとゆっくりと慇懃に、しかもはっきりとした発音のイタリア語を口にしている。

「はしたない、こんなにゆるませて。浅ましく俺に絡みついてくる」

長い指が結合部の環をゆっくりと撫でている。ぷっくりと腫れた自分の蕾《つぼみ》。そのきわを彼の指がなぞっていく妖しい触感に腰のあたりがぞくぞくする。肉の筒がぎゅっと締まって粘膜が痙攣し、呑みこんだ彼の性器をきりきりと締めつけてしまう。

「男を悦ばせるための……孔になってきたな」

彼の腰遣いが加速していく。肉のぶつかりあう音が中庭に響く。見えてなくても、どれほどいかがわしい行為をしているのかは誰にでもわかるだろう。

荒々しく容赦なく打ちつけられ、躰が大きく揺さぶられていく。

ずるずると淫靡な音を立てて抜き差しをくり返される。肉がこすれあう濡れた音と、彼の指に腫れた肉のきわを触れられている生々しい体感。

「あぁ、あぁっ……ん……あぁ」

声を出すまいと思っても、激しく打ちつけられるたび、喉から甘い声が飛び出す。

「……気持ちいいのか」

「誰が……」

「では……俺が怖いのか」

「どうして」

「こんなに強く締めつけ、俺を呑みこんで放さない。気持ちがいいのか、俺に萎縮《いしゅく》しているのかどちらかだろう」

悔しさにレオーネは舌打ちした。どちらか……と問われれば、前者だ。すでに快楽の虜にされた躰はアンドレアを銜えこんだだけで熱を帯び、肌が上気してくる。

「ああ、気持ちいいのか。おまえの性器も乳首も淫らに膨らんでいる」

「あぁっ、あ……あぁっ」

レオーネは肩に力を入れることもできず、井戸の縁に顔を埋めたような姿勢で、腰だけを突き出している。全身ががくがくと痙攣し、息があがってきていた。

「あぁっ、あぁっ、あぁっ……ん……あぁっ！」

「いい声だ、それだけいい声を出せるようになったら立派だ」

ずるりと肉棒を引き抜かれ、荒々しく腰骨を引きつけられ、ズンと体奥まで貫かれる。

「ああっ、あっ！」

激しい衝撃に視界がまっ白になる。遠くから使用人たちに見られているというのに、どうしようもないほど淫らな声をあげてしまう。

「由緒正しいフォスカリ家の貴公子が、金のためトルコの男にぐちゃぐちゃになるまで蹂躙されているとは。人生とは残酷だ」

「ん……っくぅ……あぁ、あ…………もう……どうか、ああっ、あっ」

「毎夜毎夜、褐色の肌の異教徒の胤を植えこまれて。おまえが女性だったら、とうに異教徒の子を孕んでいるだろうな。あの女が俺を孕んだように」

「く…っ……このようなことばかり……どうして……」

やめて欲しい、頼むから、と言いたいのに声が続かない。嬌声しか出てこない。

「捧げものにするため、快楽を教えているだけだ」

「スルタンのために……か……」

「ああ」

「女なら……孕むほど、犯すことが……か」

「男だからだ。スルタンへの捧げものに、自分の胤を植えてはおまえと一緒に俺の首まで飛んでしまう」

「おまえを……葬れるなら……孕んでもいいぞ」

いっそこの世から消えたほうがこの男の幸せなのだろうか。憎しみだけを餌にして生き、罪を重ねることしかできないこの男の人生。この男の首が斬られ、自分の首も斬られてしまうほうが……いいのかもしれない。母の血、母の憎悪、母の野心とともに。

「では、いっそ俺との罪の子をその身に宿して……処刑されるか」

アンドレアの手に強く腰を引きつけられた。激しい情念をぶつけるように奥まで穿たれ、容赦なく腰を打ちつけられる。ぐいぐいと生々しい他人の肉塊が下腹を圧迫し、内臓が壊れそうだ。

「それともなに喰わぬ顔してまた殺すのか。孕んでも殺せば、人生をやり直せるからな」

アンドレアの心の闇が胸に痛い。

耳元で詰るように囁かれ、哀しみに声をあげて泣きたくなる。それなのにレオーネの喉からは心とは正反対の、淫靡なまでの甘い声があがってしまう。

「あぁっ、あっ……うっ、あぁ、はあ、あぁっ、あっ！」

腰を掴まれ、粘膜のなかをかき混ぜるように抉られていく。

優しさも情もない、荒々しいだけの抜き差し。内側から圧迫され、彼の肉塊に破壊されるのではないかと懸念してしまうほど強く押しあげられる。

「くぅっ、ああっ、ああっ！」

「抱かれることに慣れ、快感に噎《むせ》ぶ。……立派な男娼の躰になってきたな」

結合部から漏れる粘着質の音。荒々しい律動をくりかえされ、彼を銜えこんだ内部が痙攣したようにひくついている。

「あっ、あぁ……どうして、いっ……あ、くぅ……私は……こんな……」

するりと腿の間にすべりこんできたアンドレアの手に陰嚢《いんのう》を包みこまれる。レオーネは総身を仰け反らせ、たまらず悲鳴をあげた。

「あぁっっ、あぁっ！」

石造りの中庭に、甘い声が反響する。

がくがくと揺さぶられ、レオーネののどから淫靡な嬌声がとめどなく迸《ほとばし》っていく。

腹が熱い。内臓が灼《や》かれている。快感に陶然となり、朦朧とする意識のなか、見上げると、うすく細めた瞼のむこうに濃紺の夜空が広がっていた。

四角く切り取られた空。ほっそりとした三日月が煌々《こうこう》と煌めいていた。

Ⅵ　道—La Strada—

夏が訪れようとしていた。季節風が吹き始め、湿気の多い季節になってきた。

そろそろ和平にむけての話しあいもめどがたち、アンドレアがベネツィアを離れる日が近づいていた。

そのときはレオーネも彼とともにトルコに行くことになっている。スルタンへの献上品になるため。

最初はそのことに激しい屈辱と哀しみ、そして抵抗する気持ちを感じていたが、あの中庭の井戸の前でアンドレアに凌辱されたときから、レオーネのなかにトルコに行く覚悟ができていた。これから先の人生は、ベネツィアの平和とアンドレアの幸せのためにだけあればいい……と。

アンドレアは、ずっと地獄の海をさまよっていた。父を殺した母に殺されそうになり、目元に傷を負ったときからひとりで光のない奈落《ならく》で生息し続け、憎悪と復讐と絶望だけを生きるための餌としてきた。

それ以外に彼の生きる道はなく、孤独な闇以外に彼が生きていける世界はない。他人と共存することなど考えもしていないし、誰かに救われたいとも思っていない。愛も平和も安らぎも望んでいない。勿論、幸せも。それほどあの男の闇は深い。

アンドレアと躰をつなげばつなぐほど、彼の孤独の闇が痛いほどの実感となってこの身に流れこんでくる。

もう彼の心はどうすることもできない。そんな確信とともに。

——だからこそ私はトルコに行こう。そして自分ができることを精一杯やろう。

スルタンへの献上品にされたときは、その褥で力のかぎり尽くして気に入られるよう努力しよう。もし首を斬られることになったときは潔く命を散らそう。それが結果的に、ベネツィアとトルコの和平とアンドレアのトルコでの平穏な人生につながるのなら。

そしてどんなときも、なにがあっても悠然と振る舞う。ベネツィア海軍の将校としての誇りを失わないで。そう決意していた。

少なくとも自分は母とは違う。むしろ反対だということを、己の生きざまでもって示すことだけがアンドレアを地獄から救う道ではないかと思うようになった。

自分は心の底からトルコとの和平を望んでいる。アンドレアの幸せも願っている。その信念を、彼が驚くほどのまっすぐさで示していく。そのとき、もしかすると彼のなかにある闇が少しは明るくなるかもしれない。

——だからなにも恐れない。私は自分の信じた道だけを進んでいく。

ただ気がかりは、兄のシルヴィオのことだった。彼はこのままもう見つからないのだろうか。

そのことを懸念していると、元首宮殿に義母が訪れると聞き、レオーネは廊下に出た。

兄はまだ死んだと確定されていない状態なのに、義母は漆黒の喪服を身につけていた。黒いベールで顔を覆い、絹製の黒いドレスを身につけた義母は、元首宮殿の中庭に現れたレオーネを見るなり、冷ややかな仕草でベールをあげた。

「めずらしい、レオーネではありませんか」

「義母上、少しお話をしてもよろしいでしょうか」

義母は汚いものでも見るような眼差しでレオーネを一瞥したあと、あきれたように吐き捨てた。

「話すことなどありません。よく恥ずかしげもなく元首宮殿に顔が出せるものね。トルコの男に……おまえがなにをされているか知らない者はいないというのに」

「私は……私です。誰からなにをされようとも、フォスカリ家の血を引く人間としての自尊心はもちあわせています。それよりもあなたに確認したいことがあるのです。家督のことで、兄の領土や資産について…」

「おまえが心配することはではありません」

さっと背をむけようとした義母の手首にレオーネはとっさに手を伸ばした。

「待ってください」

しかし次の瞬間、義母はぴしゃりとレオーネの手を払った。

「穢らわしい。トルコの男の情けを受けた手で、わたくしに触らないで！」

甲高い声が廊下に響き渡る。

まわりにいた者が一斉にこちらに視線を送った。

「恥を知りなさい、レオーネ。その手でわたくしに触れることは許しません」

義母は胸から白いリネンのハンカチを出し、レオーネが触れた手首を拭うと、それをポイと地面に投げた。

「義母上……」

改めて、自分がどのような目でまわりの者から見られているか実感し、泣き出したくなった。勿論、そんな真似はしないが。

「トルコの使節――アンドレアは、来週末には帰国するそうじゃないの。その後、フォスカリ家では正式にシルヴィオの葬儀を行い、わたくしの息子に爵位を継がせます。おまえには関係のないことです」

激しく罵倒《ばとう》するような彼女の言葉が中庭に反響し、絶望に胸が軋んだ。

確かに真実だ。耐え難い屈辱に躰の芯《しん》まで冷えてしまいそうだ。この間の中庭でのこともあり、使用人たちの口から、まことしやかにいろんな噂が流れているのは知っている。どんなに自分が惨めな状態なのか、はっきりとわかっている。だからこそここで怯みたくなかった。負けたくなかったのだ。

己を恥知らずだと肯定してしまうと、自分が何のために犠牲になる覚悟をしたのか、その意味を失ってしまう。

レオーネは鋭利な眼差しで義母を見据えた。

「義母上、私は断じて恥知らずではありません。私は自分の行為を恥じてもおりません。伯爵家の人間としても、海軍の一員としても、なにひとつ間違ったことはしていないと自信をもっています」

「男に身を売り、ハレムの女奴隷のようにされることが？」

「結果的にベネツィアと伯爵家が護れるのならば、私は喜んで男娼になりましょう。むしろ私にその価値があったことを誇りに思います」

毅然と言った言葉に、義母は信じられないものでも見るようにレオーネを見上げた。完全に気圧されている様子だった。

そのとき、中庭に元首補佐官が現れた。

「伯爵夫人、言葉を慎んでください。彼はベネツィアの平和のために、自らの命を捧げてくれたのです。いわば英雄。そのような者に対し、あなたのお言葉は許せるものではございません。それにハレムに男性は入れません。ただスルタンに同性愛の気《け》があるだけで……。献上されたとしても女奴隷とは別ものはずです」

補佐官はそう言ってレオーネの肩に手をかけた。

「気にするな、レオーネ。それより喜んでくれ。君が作った名簿のおかげで、ベネツィアの人質の無事は約束された」

「本当ですか」

レオーネは救われたように微笑した。

「ええ。……それからただひとつ、あなたを助ける手がある。どうぞこっちへ」

人気がない円柱まで行くと、補佐官は小声で耳打ちしてきた。そしてそっと懐から一枚の紙をとりだした。

――これは……。

そこには、アンドレアを逮捕する計画が記されていた。それと同時に、信じられない事実が。

『シルヴィオどのはラグーサで生きておられる。ラグーサ共和国と手を組み、ベネツィアをトルコから護るために動いておられるところだ。ラグーサにはトルコの使節もいる。アンドレアの反対勢力らしい』

さらにそこには次のようにも書かれていた。

『アンドレアを逮捕する。その後、奪いとられたコルチュラ島の要塞に奇襲をかける。それによってトルコとの和平はなくなる。再び戦争が始まることになるだろう。同時にベネツィア海軍も出撃できるように準備中だ。君はアンドレアのそばにいて、彼にこのことを知られないよう、彼を安心させるように振る舞ってくれ。そして彼の逮捕のあと、君は「黄金の獅子」号に戻り、海軍に加わって、コルチュラ島の奇襲作戦の指揮をとるように』

これは本当なのか――――？

目で問いかけると、補佐官はこくりとうなずき、その紙をすっと懐に戻した。あとで火中に投じるつもりなのだろう。

「他言無用だ。くれぐれもアンドレアに気づかれないように」

「え、ええ」

よかった。兄が生きている。そしてラグーサ共和国と協力し、アンドレアを逮捕するために動いている。

「でも逮捕されたあと……アンドレアはどうなるのですか」

レオーネは思わず不安げに呟いた。

「君は彼を庇うのか？　あのような男を！」

「理由があったのです。彼には彼なりの。兄に頼まないと、どうか彼に慈悲をと」

「その点は大丈夫だ。シルヴィオどのも無役な殺生は好まれない。ましてやアンドレアはもともとは伯爵家の使用人だ。トルコとの関係がどうなるかによると思うが、釈放してトルコに送りかえすことになるか、或いは以前のようにベネツィア市民として暮らすように尽力してくれるか……」

補佐官のその言葉に安堵した。兄が生きていたこと、スルタンの慰みものにならなくて済み、海軍に戻れるかもしれないなんて。そしてアンドレアも処刑されずに済むのであれば、未来をひらくことはできる。

「では、くれぐれも悟られないように」

補佐官が去ったあと、中庭にアンドレアが現れた。

「なにを話していた」

冷ややかな眼差し。気づかれてはいけない。

「彼は義母に詰られていた私を庇ってくれただけだ」

レオーネが答えたとき、中庭のむこうの回廊をトルコ兵に連れられたネロが歩いている姿が見えた。

「ネロ……どうしてネロがあんなところに」

「俺を殺そうとしたので逮捕した」

「え……」

目をみはるレオーネの前に、アンドレアは手の甲に軽くついた傷を見せてくれた。

「おまえを助けたくて、ナイフを手に突進してきた」

「バカな……」

そんなことをすれば、ネロは処刑をまぬがれない。レオーネの顔から血の気が引いていくことに気づいたのか、アンドレアは苦笑した。

「安心しろ。処刑はしない。二、三日、地下牢に閉じこめたあと、遠方の修道院に送りこむ。さあ、帰るぞ」

そっけなく言うと、アンドレアはレオーネの腕を掴んだ。


「さっきの言葉は本当か？　ネロを……無事に釈放してくれるのだろうな」

帰り道、ゴンドラに乗ると、レオーネはアンドレアに確かめた。

「ああ」

「ネロはどうしておまえを殺そうと」

「この間、使用人の前でしたことを誰かから聞いたらしい。伯爵夫人のお供をする振りをして元首宮殿に忍びこみ、俺を捜していたようだ」

「何てバカなことを……」

舌打ちし、かぶりを振ったレオーネに、アンドレアは静かに問いかけてきた。

「……おまえ、ずっと俺の喪に服していたのか」

「え……」

「この四年、華やかな場所に行かず、笑顔も見せず、俺を殺したトルコ兵を倒すためだけに生きてきた。それは……すべて本当の話か」

レオーネは視線を落とし、苦笑した。

「もし……そうだったらどうするんだ。それでおまえの復讐心が消えるというのか、私とおまえが異父兄弟だという真実はなくなるのか。おまえがトルコの人間である事実もなにも変わらない。なにも変わらないのなら、言っても仕方ない」

「レオーネ」

アンドレアはレオーネへの憎しみに支えられ、この四年、トルコで必死に生きてきた。奴隷からスルタンの側近になるなど、よほどの努力がなければ無理なことだ。奇跡に等しいといっていいほど。その原動力が自分への憎しみだった。孤独な地獄から憎悪だけを餌にして生きてきた。それなら憎しみのまま自分を好きに使えばいいという気持ちになっている。今は誤解を解く気にもなれない
「もう一度問う。ネロの言ったことは本当なのか」

「さあ」

「俺の死を悼んでいたのか?」

「忘れた、そんなこと」

レオーネは嗤いながら言った。

「私は……四年前、おまえを見殺しにした。それが真実だ。それ以外に真実はない」

もうふたりの道は遠く隔てられてしまったのだ。

補佐官から伝えられた兄の計画――。

自分はそれに加わり、ベネツィアを護るために働いていく。アンドレアは国に帰ることになるか、ここに残るか。彼のことだ、ここには残らず、国に帰る道を選ぶだろう。

一方、アンドレアは、四年間、命がけでトルコで築いてきた人生を護るためにも、ベネツィアを自分の支配下に置き、レオーネを献上品として故国に連れて帰らなければならない。それが彼の仕事だ。ふたりの目的と利害。あくまでそれが相反している以上、誤解を解くことも彼の憎しみをとることも虚しいだけだ。

――そう……もうどうしようもない。

人気のない路地に面した運河をゆっくりとゴンドラが進む。ちょうどその先が二手に分かれていた。

一方の運河はレオーネの住む家のある住宅街へ。もう一方の運河は、海原へと出る。そして分かれたあと、その運河の水が混じりあうことはない。

それと同じだ、アンドレアと自分の人生の目的は、大きく分かれてしまった。ふたりが同じ道を歩くことはもうない。

目を細め、レオーネは運河の先を見た。赤々とした夕焼けに染まった運河は、静かな波を金色に輝かせている。

「この街は……おまえそのものだ」

ふと夕陽に目を細め、アンドレアがぽつりと言った。

「――――私？」

「どんなに穢れても強さや美しさを失わない。海の底の泥の存在を隠し、美しく咲く街。その泥すら糧にしているこの街のように、おまえも穢れすら糧にしている気がする」

吹きぬける海風がアンドレアのターバンを揺らし、そこから垂れた白い布がふわりとレオーネの肩に落ちてくる。

「ひとつだけ、おまえの知らない真実を教えてやる。あの指輪を買ったときからベルテ島の事件までの数年間、俺は自分の憎しみを忘れていた。母への復讐心よりも、おまえとの誓いを重視していたんだ」

「え……」

「おまえと海軍に入ることになったとき、自分の人生を前向きに考えようと思い直したんだ。フォスカリ家のレオーネさまの従者という人生を送ることにしようと。そう思えるようになったのは、おまえのそれまでの俺への優しさだ。レオーネは母とは違う、母への憎しみをぶつけてはいけないと」

「アンドレア……嘘だ、だって私をずっと憎かったと」

アンドレアはやるせなさそうにかぶりを振った。

「あれは嘘だ。おまえへの憎しみが再燃したのは、おまえが、フランコ艦長に、俺を彼の『闇の暗殺者』としてトルコの密偵にしてもいいと言ったときだ。ああ、この男も俺を見捨てる、俺は母にも殺されかけ、弟にも捨てられるのだという絶望を感じて」

どうしよう、胸が訳もなく騒がしくなる。握りしめた掌が汗ばみそうなほど。

「っ！……どうしてそれを」

レオーネは目をみはった。硬直し、じっと見あげるレオーネの頬に手を伸ばし、アンドレアはぼそりと呟いた。

「あの天幕のなか……おまえが俺を捜しにきたとき、俺はひとつむこうの幕のなかにいた」

では、アンドレアはあの艦長との会話を聞いていたのか。彼を『闇の暗殺者』にしたくなくて、必死についた自分の嘘を――。

『俺を捨てるのか』

あのときのあのひと言。それは島に残れと言ったことではなく、彼を『闇の暗殺者』として認めるのかという意味が含まれていたのか？

「知らなかった……私はおまえを助けたくて……ただ……」

「今となってはどっちでもいい。いや、今ならわかる。あのとき、おまえがああいうふうに言ったのには、なにか深い意味があったのだろう。俺への思いやりによって。でなければ、そのあと四年も俺の喪に服したりはしない」

「アンドレア……」

「ただそれまでの俺は幸せだった。ここにいた何年間かは……憎しみよりもおまえと過ごす時間の大切さ、幸福感を噛み締めていた」

その言葉に涙が出そうになった。それならもう一度、あのときに戻ってやり直さないか。そう言いたい。誤解を解き、本当はどれだけ自分もアンドレアを大切に思っていたか伝え、やり直したいと言いたい。

「アンドレア……私は……」

「だが、もうおまえとの時間は忘れてしまったんだ。あの事件で傷を負い、トルコ兵たちに海に流された俺は、スルタンに助けられたとき、本当に記憶を失っていた。自分の名前もなにも知らなかったんだ」

「アンドレア……では記憶喪失だったというのは……まったくの嘘ではなくて」

「ああ、フランコ艦長と再会し、彼が謝罪してくるときまで、俺はおまえのことも母親のこともなにも覚えていなかった」

「そんな……」

「そのあと、少しずつ記憶は甦った。それと同時に憎しみが再燃した。あのとき失われたのは記憶だけでなく、俺のなかにあったおまえへの情愛だったのかもしれない。芽生えかけていた情愛は絶望に変わり、絶望は憎しみに昇華した。そして俺は憎しみを餌に生きてきた」

「……っ」

「今の俺は……もうおまえを憎む人生以外、歩めなくなっている。今さら、おまえへの情愛を再燃させたところでどうすることもできない。トルコでデニズ・アイと名乗り、パシャという尊称を得て、特使に任命された。これが今の俺の立場だ。もう後戻りはできない」

なにも言えないと思った。なにも言葉にできない。アンドレアと自分はもう四年前に戻ることはできないのだ。

なにもかもがもう手遅れだ。もう親友ではない。幼なじみでもない。自分の従者でもない。そして異父兄弟という関係でもない。

自分たちは敵国同士の人間だ。彼はスルタンのために自分を肉体的に凌辱し、調教している。自分はベネツィアのためにこの男を逮捕する計画に荷担している。

「わかってる。それでいい。おまえはトルコの特使としての人生を貫け。私は私の人生を行く」

レオーネは目を細め、その傷のある目元を見あげた。

今、はっきりと確信する。この男のために自分がすべてをあきらめようと思った決意の底にあった感情が何なのかを。

この男の孤独を切なく思い、この男の憎しみや絶望を何とか軽くしたいと思い、この男の闇に少しでも光を届けたいと思い、この男のためならスルタンの愛人になろうとも首を斬られようともかまわないと思ったその気持ちの正体。

彼が自分にしてきたことのすべてが憎くて辛《つら》くて仕方なかったのに、それすらも狂おしく感じてしまう。

——私はおかしい。あんまりひどいことをされすぎて、きっと本当におかしくなってしまったのだ。

恋なのか、愛なのか。わからない。けれど、どうしようもないほど愛おしい。心が切なくて狂おしくて……どうしていいかわからない。

後戻りできないところにきているからこそ。とり戻すことができないからこそ。自分がこの男をかけがえがないほど大切に想っていることがわかる。

——私は……愛している。この男をどうしようもないほど愛している。

その実感だけがはっきりと胸に涌き起こり、胸が軋んだ。

その数日後、アンドレアは約束どおり、ネロを牢獄から解放してくれた。

そのまま彼は遠方にある修道院に旅立つことになったと聞き、せめて最後に会えないかと訊いてみたが、それは無理だと断られた。

「それよりも仕事を急いでくれ」

来週、正式に和平の決議案が決まることになり、完成させなければいけない書類が山積みになっていた。アンドレアのほうも、夜遅くまで二階の広間で元首や元老院議員たちと話しあいをしている。レオーネも宵闇《よいやみ》が降りても海軍省に残って仕事をしていた。すると補佐官がそっとメモをよこした。

「……これを。ネロからだ」

「ネロから？」

「先ほど、伯爵家の使用人が訪ねてきて。……君に最後に会いたいとか」

できることなら自分もネロに会いたい。会って、せめて元気でと伝えたかった。

「ありがとう」

監視の目をむけているトルコ兵の目を盗み、そっと紙切れに書かれた文字を追う。ネロの字だ。

『最後の挨拶をさせてください。サン・モイゼ教会の前の橋で待っています』

サン・モイゼ教会……か。ここからサン・マルコ広場を抜け、路地を歩けば五分ほどだ。

三十分ほどなら、奥の書庫に行く振りをして抜けだすことは可能だろう。元首宮殿の地下に降り、そこから井戸を使ってのぼっていけば。

レオーネは書庫に本を探しにいく振りをして、そっと宮殿の外に出た。警備兵の隙を見て、念のためにマントで隠しながらそっと腰に剣を差して。

外は夜の帳に包まれていた。昼間、ベネツィアの街は運河が太陽に煌めき、美しい建物や金色の橋、白亜の教会などを中心に、甘やかな陽炎《かげろう》のような美しさを称える。

だが夜は違う。路地の間に深い影が落ち、運河から揺らぎ出る湿気が街全体を覆い、うっすらと靄《もや》が立ちこめ、陰気な空気に包まれてしまう。その不吉なまでの濃霧は、この街に慣れた者でさえ、迷子にしてしまうほどだ。

蜘蛛《くも》の巣のように細い路地が張り巡らされたなかを進んでいくと、一瞬、濃霧が消え、あたりが明るくなった。

もうすぐサン・モイゼ教会だと思った次の瞬間、アーチ型になった橋のたもとに人影があることに気づいた。

ネロではない。子供ではなく、屈強そうな大人の男性が数人。

「……っ！」

レオーネは物陰に身を隠した。

――罠……だったのか。一体、誰が私を……。

とっさにレオーネは踵を返そうとした。しかし今きた道も濃霧に覆われ、そのむこうからかすかに殺気のようなものを感じる。

今、レオーネがいるのは人がひとり通れるかどうかの細い路地の中央だ。片側は運河、片側は高々とした壁。後ろにも前にも敵がいるとしたら。

目を閉じ、息を詰めて人数を確かめてみる。

おそらく数人ずつが控えているはずだ。さっきの様子からすると、相当な手練《てだれ》だろう。剣には自信がある。肩さえ問題なければ、倒せない人数ではないはずだが、左肩をまともに動かせない今、この人数を相手にするのは無謀だ。

そう判断したレオーネは、運河に浮かんでいたゴンドラに身を翻した。

「あっちへ逃げたぞ」

誰かの声。漆黒の闇のなか、十数人の足音がした。

レオーネはゴンドラの櫓《ろ》を何度か漕ぎ、勢いに乗って船が運河を流れていくようにすると、橋の下に通りかかったとき、素早く運河に身を沈めた。

夜の冷たい水が肌を突き刺す。しかし息を詰めていると、待ち伏せしていた者たちは、レオーネがゴンドラに乗って運河のむこうに逃げていったと思いこみ、足早に追いかけていく足音が聞こえた。

「あっちだ、あっちに行ったぞ」

「何としても殺すんだ」

その隙に運河からあがり、レオーネは教会の裏へと進んでいった。

刺客たちは、その後、ゴンドラにレオーネが乗っていないことに気づいたらしく、運河や路地のそこ此処を探しまわり始めた。物陰に潜み、彼らが行きすぎるのを待とうとしたそのとき、そこにいる一人の顔を見てレオーネは蒼白《そうはく》になった。

黒い衣服を身につけた見覚えのあるその男は。

「補佐官……どうして」

思わず声が出てしまった。その瞬間、頭上に殺気を感じた。

「レオーネ、上だっ！」

アンドレアの声が響いた。はっとして振り仰ぐと、頭上から剣を持った男が斬りかかってきた。次々と斬りかかってくる黒ずくめの集団。

「くっ……」

剣で応戦する。路地から現れたアンドレアは剣を手に、レオーネにむかってきた集団に剣で応戦した。剣がぶつかりあう金属音が鳴り響く。路地のすきまから次々と現れる男たちが勢いよく自分に斬りかかってくる。

「待て、どうして私を襲う！」

相手を殺さないように応戦し、意識を失った男たちをあとにし、補佐官のいる場所にむかう。どうして自分が狙われなければならないのか。どうして。そんな疑問を抱きながらも、斬りかかってくる剣先を必死に交わすしかない。男たちが次々と倒れていくなか、現れたアンドレアが反対側にいた男たちを斬りつけていった。

「……レオーネ……無事か」

「ああ。おまえは?」

「平気だ。さあ、大通りに」

進みかけたそのとき、運河の水面になにかがきらりと光るのが見えた。それはちょうどアンドレアの死角の位置だった。

「アンドレアっ!」

とっさに前に進みでた次の瞬間、次々と弓矢が打ちこまれてきた。剣でそれを払おうとしたが、グサリ……と一本の矢がレオーネの肩に突き刺さる。

「う……っ」

続いて何本かの矢が腕や肩口をかすめていく。地面に倒れこんだレオーネの前にすかさず立ちはだかり、アンドレアは次々と打ちこまれてくる矢を払っていった。

「くう……もう……多分、矢に毒が……」

矢を引き抜こうとして、鏃《やじり》が腕の皮膚のなかで砕ける。その瞬間、激しい目眩に襲われた。灼けたようにそこが熱い。

「く……やはり……毒だ……大丈夫……毒には慣れて……いるが……」

駄目だ、視界が大きく揺らぎ、息が苦しくなってくる。

毒に耐性があるのでかろうじて耐えていられるが、普通ならすぐに命を失ってしまうほどの猛毒だ。

レオーネはがっくりと石畳に膝をつきかけた。

「しっかりしろ、レオーネ」

アンドレアの腕が今にも倒れそうなレオーネの背を支える。そのとき、新たに黒ずくめの集団が後ろから現れた。アンドレアが剣を手に、レオーネを庇うように戦う。

「アンドレア、どうしてここに」

「おまえが出ていくのが見えた。そのあと怪しげな集団が追っているのも。レオーネ、補佐官はトルコとの和平に反対している集団だ。俺とおまえの命を狙っている」

「和平に……」

「そうだ、彼らは戦争をもう一度引き起こすつもりだ。おまえを亡き者にし、俺を逮捕させ、処刑させて。そうなればこれまでの話しあいはどうなる」

「……っ」

確かにシルヴィオが生きていたこと、自分が海軍に戻れるかもしれないことに喜びを感じていたが、補佐官はアンドレアを逮捕させたあと、トルコに戦争をしかけると言っていた。コルチュラ島の要塞を奪い返すと。

「いけない……そうだ……私は……何という大事なことを……」

痛みに耐えながら、レオーネはアンドレアの腕をにぎりしめた。

「アンドレア……和平を。和平のために……逃げないと」

「ああ、わかっている。さあ、おまえは今のうちに、早く大通りに！」

「わかった……」

痛みをこらえ、路地を進んでいく。するとそこに補佐官が現れ、突然、レオーネに銃を突きつけた。

「レオーネ、やはり裏切っていたのか。以前からアンドレアを助けたがっていたが。おまえの危機に彼が現れたのがなによりの証拠。おまえは裏切り者だったんだな」

「裏切り？」

意味がわからない。なぜ自分が疑われなければならないのか。

「シルヴィオどのが案じていたんだよ。おまえはアンドレアを逃がそうとするはずだと。レオーネはアンドレアのためなら、ベネツィアを裏切るだろうと。私もこの間、君と会話をしてそれを確信したよ」

「まさか。兄上は私を疑っていたのか？」

「ああ。おまえの情が彼に移り、裏切る可能性があるので、おまえには気をつけろと」

「そんな……私は裏切ったりしていないのに」

肩の痛み。それ以上に胸が痛かった。シルヴィオにそのように思われていた事実が肩の傷よりも心を深く抉り、視界が真っ暗になっていく。

「なら、どうしてアンドレアがここにきている。それにどうしてわざわざアンドレアを庇って……そんな怪我をしている。命がけで」

「これは……」

「それこそが裏切り者の証拠だ。アンドレアとともにこのベネツィアをトルコに売る売国奴め」

「違う、誤解だっ……私は和平こそ……大事だと」

完全に補佐官は誤解している。誤解を解かなければ。だが痛みと毒に眩《くら》む意識のなか、レオーネは地面に倒れこんだまま、動くことも弁明することもできない。

そんなレオーネに補佐官が冷徹に銃をつきつける。

「死ね、裏切者め」

補佐官が引き金に指をかけた瞬間、ガーンという銃声が路地に響きわたった。

殺される！　地面に横たわったまま身を縮めた。だが見れば、目の前の男の頭に弾が撃ち込まれていた。

「え……」

ぐったりと目の前に倒れた補佐官はそのままこと切れている。はっとして振りむくと、アンドレアの手に銃があった。硝煙がくすぶっている。

他の兵たちは既にアンドレアによって倒されていた。

「アンドレア……」

「大丈夫か、レオーネ」

駆けより、アンドレアが抱き起こそうとする。

「あ……ああ」

毒が躰にまわり、息があがってきてどうしようもない。意識が朦朧とする。ぼんやりとする視界のなか、広場から十数人の集団が歩いてくるのが見えた。

——あれは……。

ここからすらりとした金髪の長い髪の男——シルヴィオの姿が見えた。ベネツィアの警察を後ろに従え、ゆっくりとこちらにむかって歩いてくる。

彼はアンドレアの前まで進んでいった。

「アンドレア・ステファノ。いや、デニズ・アイ・パシャ。きさまを元首補佐官の殺害と、我が弟への殺人未遂で逮捕する」

冷徹なシルヴィオの声。

銃をつきつけられ、アンドレアが息を詰める。ぐったりとしているレオーネの躰を警察が抱えあげ、別の者がアンドレアを後ろ手に縛っていく。

「待って……兄……」

アンドレアは自分を助けてくれた。そう言いたいのに、なにも言えない。そんなレオーネに視線をむけ、美しい金髪の兄は悠然と微笑する。

「レオーネ、ありがとう。おまえは本当にいい弟だ。これでアンドレアを逮捕することができた。特使とはいえ、正式な外交官ではない彼には免責は効かない」

兄――シルヴィオの満足そうな声が路地に響きわたった瞬間、レオーネは意識を失っていた。

Ⅷ　海へ　a male

それからどのくらい、高熱にうなされていたのかわからない。毒が躰にまわり、医師が『ふつうの躰ならとうに死んでいる』と枕元で話しているのがわかった。

——だめだ、死ねない。死んではいけない。アンドレアを助けなければ。

そんな意識に突き動かされ、レオーネは意識が戻ると、寝台から降りて元首宮殿への道を急いだ。

助けなければ。このままだと処刑されてしまう。彼を処刑させるわけにはいかない。何としても逃がさないと。でなければベネツィアとトルコはまた戦争を再開させることになる。

それだけは避けなければ。せっかく平和のために活動してきたのに。コンスタンティノープルにいる人質はどうなる。彼らを見捨てることになるではないか。まっ暗な路地から路地へと通りぬけ、レオーネは元首宮殿の地下牢へと続く道を急いだ。

脳裏には、アンドレアが逮捕されたときに言っていた兄の言葉が響いている。

『アンドレアは処刑する。元首宮殿の地下牢へ』

そんなふうに兄が話していたのが聞こえた。だがそのあと意識を失ってしまい、レオーネは兄にやめて欲しいと訴えることができなかったのだ。

——とにかくアンドレアの処刑を止めなければ。

地下牢に閉じこめたのだとすれば、処刑は今夜以外に考えられない。今夜は季節風とともに大潮がやってきて、ベネツィアの水位は高くなる。このときに水門をひらけば、元首宮殿の地下はたちまち海に浸《つ》かってしまう。

その前にアンドレアを助けなければ。

レオーネは必死になって地下牢にむかっていた。海が満潮になる時刻、地下牢には少しずつ水が溜まり、完全にそこは海面下になってしまうだろう。水の恐怖とともに死刑囚を水死させることができるベネツィア特有の地下牢獄である。これまでに何人もの死刑囚が処刑されてきた。

元首宮殿のなかは幼い頃から知悉《ちしつ》している。警備兵の目を盗み、レオーネは人目を避けてなかに入った。壮麗な宮殿とは違い牢獄の老朽化した壁は海水に腐蝕され、朽ちかけている。使われていない地下への階段を進み、レオーネは重罪人専用の地下牢まで下りていった。

鼻腔を突く黴の匂いと湿度。水音が聞こえるので通路を見まわすと、壁ぎわにある側溝の蓋《ふた》が開けられていてゴボゴボと水があふれていた。

レオーネは薄暗い牢屋を一部屋ずつ確かめていった、小窓から鉄柵ごしになかを覗く。上の階の牢獄に囚人の姿はあったが、この地下牢には他につながれている者はいないらしい。一体、アンドレアはどこにいるのか。

最後に奥まった牢獄の小窓を開けると、薄暗闇の奥にターバンをつけた白い影が見えた。天窓から射す薄明かりに彼の端正な横顔とその頬の傷がくっきりと照らされる。イエス・キリストの磔刑像《たっけいぞう》のように両手を広げた格好で壁に鎖で縛りつけられ、ぐったりとしていた。シャツは破れ、胸からも首からも血が流れている。情報のためか、拷問されたようだ。

地下牢の鍵の合鍵がフォスカリ家に保管されている。それを持ってきた。鍵を差しこみ、軋んだ音を立てる扉を躰で押しながら開ける。

「誰だ！」

気配に気づいたアンドレアが顔をあげる。足下にはすでに海水が溜まり始めていた。

「アンドレア……今から助けだす」

レオーネのいるところも足首まで水に浸っていた。

「……どうしておまえがここに」

「話している時間はない。満潮になればここは水浸しになり、私もおまえも水死してしまう。一刻も早く逃げるんだ」

「だめだ、俺の両手をつないだ鎖は……特別な鍵がなければはずれない」

「この鎖は……」

レオーネは蒼白になった。アンドレアの手首に手錠がかかり、その手錠と手錠をつないだ鎖の先が天井に固定されている。その鍵は残念ながら持っていない。

「そんな……」

海水が踝《くるぶし》まで溜まってきている。館に戻って捜している時間はない。あと半時間もしないうちにここは水に浸かって水牢と化す。彼は溺死《できし》してしまう。

「レオーネ、頼みがある。ヴィラの寝台の下にスルタンへの密書が隠してある。それをリド沖で待機しているトルコの船団に届けてくれ。それは、今回のベネツィアととりきめた和平の条件がすべて記されている。それを艦長に。彼は信頼できる男だ」

「だめだ、それならおまえも一緒に」

「無理だ。この鍵をはずすことはできない」

アンドレアはかぶりを振った。少しずつ牢獄の隅には水が溜まり始めている。じきに地下牢は完全に水に浸かってしまうだろう。

「その書類をスルタンに。それがあれば、この街との和平が成立する。ラグーサと手を結び、今、ベネツィアがトルコの要塞を攻めたらベネツィアは負ける。それこそこの街を護ることができない。せっかく俺が不動産を護ってきたのに」

「え……不動産って」

そういえば、彼はたくさんの物件を自分のものにしていた。それはまさか。

「俺の個人資産にすれば、シルヴィオどのがそれをラグーサへの和平の条件に差し出すことはない。そう思ったからだ。ラグーサとは手を組むな。また戦争が起きる」

そんなことをアンドレアが考えていたとは気づきもしなかった。

「シルヴィオどのは反トルコの姿勢を貫いているが、トルコを敵にするとベネツィアは滅亡する。その書類を届け、一刻も早く和平条約の締結を。だから行け」

「いやだ。アンドレア……駄目だ……おまえを置いていくことなんて」

今にも泣きたくなる気持ちをこらえ、唇をかみしめる。

「いい、俺は。おまえがここにきてくれただけで満足だ」

アンドレアは透明な笑みを見せた。憎しみを浄化させたような、こちらを慈しむような眼差しに胸が痛くなり、涙が流れ落ちてきた。

「駄目だ……私はなにがあってもおまえを見捨てないと決意したんだ。そんなことでおまえの憎悪が消し去れるとは思っていない。孤独から救えるとも。ただ私はおまえを愛している人間がいることを知って欲しいだけで……」

レオーネはその肩に手をかけ、唇を近づけていった。愛しい兄。いや、兄としてではなく、ひとりの人間として誰よりも愛しい。

「アンドレア……」

「早く行け。俺のことはいい」

「いやだ、一緒にその密書を届けに行こう。おまえの手でスルタンに届けるんだ」

「いずれにしろ、ここで投獄されてしまった以上、俺は失脚したも同然だ。トルコに戻っても投獄される。そのあとは、処刑されるかもしれない。スルタンはとても厳しい人だ、一度の失敗も赦さない」

「その前に、私を献上しろ。おまえは私を護るために捕らえられた。スルタンへの献上品を傷つけようとするトルコとの和平を邪魔する者から。命がけで訴えれば、スルタンもおまえを処刑したりしない」

感情のない声でレオーネが言ったあと、ふたりの間に、ふいに沈黙が落ちる。地下牢の天窓から見える月は、地上で起きている血腥い現実を綺麗に浄化しそうなほど美しかった。

「レオーネ……本気でトルコに行く気か」

その問いかけに、レオーネは「ああ」と澄んだ笑みでうなずいた。

「本気だ。初めは嫌で仕方なかった。でも今では、腹を括《くく》って覚悟している。精一杯、スルタンに尽くす。それでおまえを護ってみせる。四年前。私は……ベルテ島に戻ったら、そうしようと決意していたんだから」

「え……」

「おまえを護っていこうと決意していたんだ。密偵にさせようとする者たちから、おまえを護ることを自分の人生の喜びにしようと思っていた。だからそれができるのなら本望だよ。見殺しにした罪は……それで帳消しにしてくれるな？」

レオーネの言葉にアンドレアは顔をこわばらせた。

「では……俺を葬ろうとしたのではなく……」

震えるアンドレアの声が地下牢に反響する。

「そのことはいい。とにかくここから出ることを考えよう」

なにか斧《おの》のようなものはないか。まわりを見回すが、なにもない。そうしている間にも水は徐々に溜まり、膝のあたりまで水浸しになっていた。

「やはり……俺は憎んではいけない人を憎んでしまった。あなたこそ、俺にとっての一番大切にしなければならない存在だったのに」

切なげな、やりきれないような声。アンドレアの言葉にレオーネはかぶりを振る。

「憎んでいい。憎むんだ。それがおまえの四年間を支えた。実際に私はおまえを見殺しにした。おまえの自分への憎しみに気づきもしないまま」

「……もう憎むことはできない。海軍省で働くあなたを見たときからわかっていた。あなたは、憎んではいけない人だったと」

「アンドレア……」

「穢され、恥知らずと言われ、それでも毅然と耐えていたあなたの姿を見て気づいた。恐らく俺の憎しみが間違っていることを知りながら、あなたはなにも弁明しなかった。それは俺が過ごしてきた四年間を後悔させないためだったはずだ」

ああ、アンドレアが気づいてくれた。もう地獄をさまよってはいない。そう思うと、どうしようもなく愛しく思えた。

この男を護りたい。この男のために今度こそなにかがしたい。

「……想像力が豊か過ぎるぞ。それより逃げる方法を考えよう」

「俺のことはいいからここから出て密書を。そして二度と戦争のない社会を」

「バカなことを。おまえがそれを届けるんだ。何としても助けてやる」

レオーネは手にしていた剣でアンドレアをつないでいる鎖を叩き斬ろうとした。

しかし片手の力では無理だ。左肩はまだ動かすことはできない。医師からは今度なにかあると切断することになると言われていたが。

「おまえの命には替えられない。何としても鎖を斬ってやる。じっとしていろ」

レオーネは両手で剣を掴み、目を閉じた。

どうか海よ、ベネツィアの海よ、私に力を。私の信じたことが間違っていないのなら、この街が平和になることをあなたも望んでいるのなら、私に力を与えてください。

気持ちを集中し、レオーネは目をひらくと渾身の力でそれを振り下ろした。

「くぅっ！」

激しい金属音。左肩に信じられないほどの痛みが走った。腕がちぎれそうなほどの激痛。だが、勢いよく鎖が弾けた。

「鎖が……よかった」

レオーネはがっくりと水のなかに膝を落とした。もう左肩を動かすことはできない。だが大丈夫、痛みがあるということは感覚があるということだ。

アンドレアが腕を伸ばしてレオーネの躰を支えようとする。すでに彼は自由に躰を動かすことができるようになった。

「アンドレア……早く行こう」

「ありがとう。まだ手錠はついたままだが、躰は自由になった。さあ、今のうちに」

ふたりで手に手をとって階段をのぼっていく。その瞬間、物音に気づいた兵が足音を立てて地下牢への階段を下りてくる。

「囚人が逃げたぞ！」

「駄目だ、別の道から。そうだ、この鍵を」

レオーネは家から持ちだした鍵のひとつをとりだした。隣室の地下牢に入ると、壁の取っ手を引いた。すると黒い鉄製の扉が出てくる。

「この鍵が入るはずだ」

兄から聞いていたとおり、そこに鍵を入れると、扉は軋んだ音を立てながらひらいた。そこから地下道を進んでいけば、中庭の井戸に出ることができる。

「こっちだ、アンドレア」

薄暗い地下道をぬけ、井戸をのぼり、地上へと出る。そこは四方を建物に囲まれた中庭になっていた。

「大丈夫か、レオーネ、肩は……」

「わからない……でも……いい……どうでも。それより逃げるほうが……」

先決だ——と言いかけたそのとき、井戸の前に佇んでいる長身の男の姿を見て、レオーネは蒼白になった。長い髪、黒い足もとまである官衣を纏ったその男は。

「レオーネ、囚人を逃がすとはどういうことだ」

冷ややかな声が真夜中の中庭に反響する。いけない、このままだと追っ手がここまでくる。またアンドレアを牢獄に戻されてしまう。

「レオーネ、おまえも逮捕する。誰か、誰か、ここに囚人がっ！」

踵をかえし、兄が叫んだ瞬間、レオーネは手にしていた剣の切っ先を兄の首に突きつけた。はっと息を呑んだ兄に声を殺して言う。

「兄上、静かにしてください」

「レオーネ……」

　左腕で兄の腕を後ろから押さえ、剣をその首筋に固定する。左肩にはズキズキとした激痛が奔っていた。兄が本気で抵抗すれば完全に負けるだろう。だが、レオーネの気迫に圧倒されたように兄は硬直していた。

「レオーネ……やはりおまえは……アンドレアを……」

「すみません。私は彼を護りたいんです」

　兄の横顔をじっと見据え、レオーネは背後にいるアンドレアに声をかけた。

「アンドレア、今のうちに逃げろ。井戸のむこうの出口から外に出るんだ」

「レオーネ」

「私は大丈夫だ。だからおまえは早く」

「……兄を裏切るのか、そのトルコの男のために」

　悲痛な声で問いかける兄に、レオーネは毅然と返した。

「違う、裏切りではない。これは兄上のためでもあり、アンドレアのためでもあり、私のためでもあり、ベネツィアのためでもあるのです。だから、彼をトルコに帰します」

「だめだ、そんなことをしても、トルコは私の裏切りを許さないだろう。ラグーサとの取引はもう知られている。戦争は避けられないんだよ」

「阻止します。私が和平用の書類を手にアンドレアとともにトルコに行って」

レオーネの言葉に、シルヴィオは驚いたように目を見ひらいた。

「何だと。おまえはトルコに行けば、その首を刎ねられるか、或いは、その男が要求したようにスルタンの性奴隷にされるんだぞ」

あまりのことに驚いたのか、彼の声は震えている。アンドレアも驚愕したのか、その場でレオーネを凝視していた。レオーネはにこやかに微笑した。

「承知の上です。首が刎ね られるもよし、スルタンの性奴隷にされるもよし。それでベネツィアが平和になるのなら」

そしてアンドレアのためになるのなら。大丈夫、覚悟はできている。

「バカな……どうして」

絶望的な兄の目を見て、レオーネはうなずいた。

「大切だから、この男と……そしてベネツィアが。なにより平和が。兄上はその間にラグーサを説得してください。二カ国が手を組んだところで今のトルコには勝てない。海軍にいたからこそわかるんです。戦争をしかけたら、ラグーサにもベネツィアにも未来はない」

「トルコに行くなんてバカなことを。処刑されたらどうするんだ」

兄の眸にきらりと涙が光る。

「とうに覚悟しています。むしろ私にはスルタンを籠絡してやろうと思う気概もあります。でなければ、アンドレアを逃がすような暴挙には出ません」

「レオーネ……」

「戦争はもうたくさんです。ベルテ島が目の前で焔に包まれて行ったとき、住民や兵士がいるのに、助けることができなかった。そしてアンドレアと引き裂かれた。あんなことはもういやです。愛する人間と引きさかれるようなことは」

兄はしばらくうつむき、なにか考えこんだあと深くため息をつき、レオーネに小さな鍵を渡した。

「アンドレアの手錠の鍵だ。裏門から外に出ろ。あとのことは知らない」

「兄上……では」

「約束する。和平のために尽力しよう。ラグーサを説得する。だからおまえもどうか無事で。いつか必ずこの街に戻ってくるんだ」

「では、行こう」

夜半過ぎ、和平のための書類を手にしたふたりは、サン・マルコ広場から十数キロほど沖にあるリド島へとむかった。その細長い島は、外海からベネツィア本島を護るための島である。防波堤のような役割をしていた。そこの船着き場で夜が明けるのを待ち、外海に停泊しているトルコの船にむかうことにした。

リド島に着くと、外海に面した小さな教会に入り、ふたりで朝がくるのを待つことにした。

「レオーネ、本当に俺とトルコに行く気なのか」

「私が行かなかったら……おまえはどうなるんだ」

一瞬、押し黙ったあと、アンドレアは低い声で呟く。

「あなたは自分の幸せを考えないのか」

「……」

おまえを護ることが幸せだ……と言えば、彼が負担に思うだろう。だからなにも言わないでおこうと思った。

「レオーネ、ふたりだけの世界に行かないか。ベネツィアもトルコもないところで、ふたりで暮らすんだ。俺もすべてを捨てる。だから、あなたもすべてを捨てて」

「……すべてを？　どうして」

「あなたを護りたいからだ。あなたは母とは違う。命がけで俺を護ろうとするあなたの姿に、俺は自分の憎しみを捨てなければと思った。俺は今日まで愚かなほどあなたを憎んでいた。あなたこそ憎んではいけない人だったのに。あなただけが俺を愛してくれたのに」

気づいてくれた。自分が必死になって気づいて欲しいと願っていたことにアンドレアが気づいた。それだけで幸せだと思った。

「その気持ちだけで十分だ。おまえの優しさが嬉しいよ。本心から私を慈しんでくれている。憎しみではなく、私に思いやりをかけてくれている。私は生きていてこんなに幸せだと思ったことはない」

「レオーネ」

「今、すごく幸せなんだ。ありがとう。だからおまえはなにも案じなくていい」

首を刎ねられるのか、性奴隷にさせられるのか。いずれにしろそれがこの街を護ることでもあり、アンドレアを護ることでもあるのならば本望だ。

「性奴隷になったときは、そなたに教えられた技を駆使して、寵姫のようになってみせよう。そして平和のためにスルタンに尽くす」

レオーネはアンドレアの肩に手をかけた。

「これが最初で最後のくちづけだ。おまえへの愛をこめたものは」

「レオーネ」

「明日、船に乗ったら、私は船のなかにある牢に入れられるんだろう」

「あなたは……あくまで海軍の将校だから……そうするしかできない」

淋しげに言ったあと、ふたりの間に沈黙が落ちる。しばらくしうつむいて考えこんだあと、アンドレアは窓を開けた。

ふわっと入りこんでくる夏の夜の潮風。美しい月が夜空に耀いている。

「レオーネ、見てくれ、むこうの海原に元首宮殿が見える」

外を見ると、暁暗のなか、淡い色の元首宮殿のシルエットが見えた。

「こうして海から見ると、あの街が奇跡であることを実感する」

「奇跡？」

「ああ、海に愛された街がこの世にあること自体が奇跡に思える。海に包まれた街、海の上で人々が生きている奇跡。海の女神がその手で抱きかかえるようにあの街を愛していることがはっきりとわかる」

「そうだな、大切なエメラルドのように抱きしめられている」

「そしてあの街を護っている金色の獅子は——レオーネ、あなただ」

アンドレアはレオーネの頬に手を伸ばした。海からの風がふたりの髪を煽り、アンドレアのターバンの先がはためいている。

「あなたこそ、あの街の守護者だということがはっきりとわかる。俺はあなたの異父兄なとど、おこがましい事実はもう忘れる」

アンドレアはレオーネの前に跪《ひざまず》くと、手をとり、まるでなにかを誓うかのように甲にくちづけしてきた。

「あの街が存在する奇跡の前に、誰かを憎んだり、生きたり死んだり……それすらもどうでもいいように思えてくる。俺はあなたを憎むことを糧に生きてきた。でもこの街にきて、はっきりとわかった。過去の俺はあなたを愛していた。そして今の俺もあなたを愛している」

その言葉に胸が熱く震えた。

「では最後に……一度でいい。おまえと心から求めあってみたい。私を抱いてくれ」

アンドレアが息を呑む。

「スルタンへの献上品として調教するためのものではなく……おまえが人を愛するときにする方法でおまえに抱かれたい。私もおまえを喜ばせるのではなく、自分の赴くままにおまえを愛してみたい……最後に一度だけ心をこめて」

しばらくレオーネを見つめたあと、アンドレアは深くため息をついた。

「……俺がそんなことをしてもいいのか」

「なにを今さら」

「いえ……調教ではなく……あなたをふつうに愛していいのか」

レオーネはふっと目を細め、アンドレアと同じように床に膝をついた。

「アンドレア……私は調教ではなく、おまえにふつうに愛してもらいたいんだ。一度でいいから、心をこめて抱き締めて欲しいと言っているのに」

「すまない……だけど俺にはそんな資格は」

ひどく切なそうにしているアンドレア。彼が心から自分を愛していることがわかって、それだけで心が満たされた。

「アンドレア、それなら私にひとついい案がある」

「え……」

「将来、スルタンに私を下賜して欲しいと頼め。手柄を立てて。思い切り活躍して。尤も、その頃は、私もじいさんになっているかもしれないが」

「レオーネ」

「それとも……他の男の閨に入った私を……愛することはできないか？」

「まさか」

「それなら誓ってくれ。いつかとり戻すと。それだけで生きていけるから」

淡くほほえみ、レオーネはアンドレアの首に手をまわした。

「あなたは……そうだ……いつも前向きで、必ず俺の魂を救ってくれる」

やるせなさそうに呟き、アンドレアはレオーネの躰を抱いて立ちあがった。その腕のあたたかさを噛みしめながら、レオーネはアンドレアの胸に頭をあずけた。


やわらかな月明かりが青いさざ波を夢のように浮かびあがらせている。

リド島の海岸沿いに建った、今はもう使われていない教会のなか、祭壇の上のステンドグラスから青白い月明かりが漏れていた。

青白く染まった漆喰の壁に、抱きあっているふたりの影。

切り取られた格子窓のむこうから涼しい海風が吹きこんでくるなか、祭壇の前の床で、レオーネとアンドレアは衣類をすべて脱ぎ捨てて抱きあっていた。

ふたりの上に月光の光を含んだステンドグラスの光が注がれる。

祭壇には十字架もマリア像もない。壊れかけた説教台と蝋燭立《ろうそくた》てだけ。その前の大理石の床の上、指と指を絡ませ、素肌のままむかいあって抱きしめあい、互いのぬくもりを感じとっている。ひんやりとした床の感触、潮風、波の音、月の光、ステンドグラスの淡い色彩までなにもかもがすべて心地よい。

「アンドレア……絶対に出世して……私をとり戻してくれ、いいな」

彼の肩に手をかけ、月光に照らされた彼をじっと見つめる。

「ああ、約束する」

彼は掌でレオーネの頬を包み、慈しむように唇を啄《ついば》んできた。

「ん……っ……ん」

触れてはいけないものに触れるかのように、神聖なもののようにくちづけされると、どういうわけか怖くなってくる。もうこの男とこんなふうにくちづけを交わせなくなるかもしれないと思えて切なさに胸が軋んでしまうのだ。

「あなたを憎んで……申し訳ないことばかりして……すまなかった」

唇を離し、贖いを求めるように彼が呟く。レオーネはかぶりを振った。

「謝るのは私のほうだ。おまえを傷つけてしまった。四年間も苦しめ続けた。それだけではない、それまでの十年間、ずっと孤独な闇のなかにいたおまえの心の淋しさに、なにひとつ気づかなかった。あんなに傍にいたのに、おまえといることが幸せ過ぎて、なにも気づかなかった。どうか赦して欲しい」

レオーネは涙を流しながら、祈るような気持ちで訴えた。アンドレアが「いいえ」とかぶりを振る。

「俺も忘れていたから。あなたとの時間の楽しさに憎しみを忘れていたから」

アンドレアの黒い双眸からほんの一滴、あたたかな雫が滴り、レオーネのほおを濡らし、つーっと首筋へ落ちていく。

ずっと憎まれたままでもいいと思っていた。それが彼の生きるための原動力であり、それしか彼の世界にないのなら。けれど彼が憎しみを捨て、こうして優しさや愛情を自分にかけてくれるのなら、それこそが最高の至福だ。

「アンドレア、ふたりだけで生きていくことができない代わりに……多くの人が幸せになれるよう、ふたりでトルコに行こう」

「俺はあなたを必ずとり戻す」

「楽しみに待っている」

レオーネはアンドレアに唇を近づけた。互いの唇を触れあわせ、その感触を味わうように啄んだあと、熱っぽく唇を押し包む動きに身を委ねる。

「ん……ん……っ」

舌を絡め、互いの息を奪うようなくちづけをくりかえしていく。息が止まりそうなほどの狂おしいくちづけ。しかしこれまでのような獰猛さや荒々しさはない。こちらをとても大切にするような、切なさに胸が潰されそうになるほどの優しさに満ちていて、レオーネのまなじりに熱い涙が再び溜まっていく。

「ん……」

熱いくちづけのあと、アンドレアはレオーネの首筋の皮膚を愛しそうに噛んできた。あたたかな息と、皮膚に奔る甘い痛みに背筋が痺れる。

淡く色づいた乳首に彼の指が触れ、ぷつりと潰された。乳輪を撫でながら、突起に膨みを与えようと快感をうながされる。ゆるやかに宝石に触れるような指のやわらかさに、却《かえ》って皮膚が敏感になった。

「あっ……っ」

まだ直接にはなにもされていないのに下肢が疼き、肌が粟立《あわだ》ってくるのはどうしてだろう。皮膚の下で眠っていた甘美な欲望の芽を掘り起こされるような気がした。

「……ん……っ……」

レオーネは躰をずらし、アンドレアの下腹に顔を伏せた。

「レオーネ?」

「……おまえを悦ばせたい」

衣服の下に潜んでいた彼の性器に手を伸ばす。まだ完全に成長してはいない肉塊。息を呑み、レオーネはそっと舌を近づけた。

おそるおそる窪みを舌先でつつくと、アンドレアが息を吐く。

「ん……」

先端の蜜を舌で掬いながら唇をひらく。早くつながりたい。早くこの躰を埋め尽くして欲しい。

「ん、ふぅ、ぐっ」

濡れた音を立てて舌先で刺激を加えると、アンドレアのそれが形を変え始める。

少しずつ膨脹していくそれを口内に含み、唇でこすっていく。とろりとにじみ出る先走り。レオーネの腕を掴んだ彼の手に、ぎゅっと力が加わった。

「アンドレア、感じているのか?」

「いや、別に……ん…っ…」

「ん……ぐ……っ……ふ」

すでに膨脹していたそれにさらに刺激を与えると、いっそう膨らんでレオーネの喉を圧迫する。裏筋を指筋で撫で、根もとをにぎりしめ、彼に心地よくなって欲しくて懸命にあごを動かしていく。

ぽとぽとと唇のすきまから滴り落ちる唾液。噎《む》せそうになった瞬間、アンドレアがレオーネの髪を掴んだ。

ふっと引っぱられる力を感じたそのとき、なまあたたかな白濁が頬にかかる。

レオーネは目蓋を閉じ、大きく息を吸った。おそらくこれが最後だと思うと、頬にかかった彼の体液ですら愛しくて仕方なかった。

「すまない。あなたの顔を汚したりして」

アンドレアはレオーネの肩をつかんだ。そのまま抱き締められ、顔の汚れを手でぬぐわれる。

「いい、それも嬉しかったから」

「レオーネ……あなたは本当に……」

こちらをひどくいじらしく感じているように呟くと、アンドレアは再びレオーネを自身の膝の上に跨がらせた。臀部の皮膚が彼の腿に触れ、すーっと足の間に男の指が入りこんでくる。すでに先走りで濡れていたそこをアンドレアににぎりしめられた。

「……ん……っ！」

「こんなになると辛いだろう？」

「ん……っ」

確かに今にも皮膚を破りそうなほどレオーネのそこは膨らみ、とろとろと粘着質の蜜をはしたないほどあふれさせている。

「粗相をしたみたいにぐしょぐしょになってるぞ」

「言うな……。っ……おまえこそ、さっき達ったばかりなのに……また」

臀部に触れる硬い肉塊。彼の性器が再び膨らみをとり戻していることに、レオーネの胸は高鳴り、背筋が震えた。

また彼が自分を求めている。自分とつながりたくて、こんなにも欲してくれていると思えて心が浄福の光に包まれていくようだ。

「そうだ、俺はあなたが相手だと何度でも達ける」

彼が腰骨を掴んでくる。窄まった皮膚に触れる熱い切っ先。彼の指が薄い皮膚を広げ、環のすきまに濡れた先端が触れる。

「あっ………ああっ、あぁっ」

ぐうっと下から挿りこんできた固い肉塊。レオーネの躰は大きくのけ反り、激しい衝撃に、一瞬だけ意識が遠ざかりそうなほどだった。

腰を抱き、ぐいぐいと押しあげてくる男の性器が根元まで入りこみ、臀部の皮膚に彼の腿を感じた。

体内で膨らんでくる昂り。狭い肉の奥をずしりと熱い塊が串刺しにしていた。

「あっ、あぁ、あぁっ！」

躰のなかがアンドレアでいっぱいになっていく。内臓が下から迫《せ》りあげられ、重苦しい痛みと快美感がない交ぜになって襲ってくる。

「あぅっ、ああっ！　あぁっ……んっ」

苦しい。でも心地いい。粘膜を圧迫される生々しい体感がたまらない。じわじわと押し広げられる膨脹感に下腹が痺れる。

「レオーネ…っ」

耳元に触れる男の荒い息。首筋、鎖骨、胸へと狂おしそうに貪《むさぼ》ってくる。唇で甘咬《あまが》みしてくる肌の痛みすら愛おしい。

羞恥も絶望も屈辱もない性交というのは、何という心地いいものなのだろう。

肉襞から溶けていきそうなほど熱い。熟れ爛れた内臓の奥に牡の猛々しい存在を感じとりながら、レオーネはその背に腕をまわし、自ら腰をすりよせていった。

「あ……あぁ……すごく……いい……よくて……どうにかなりそうだ」

たまらなく心地いい。下から揺さぶられると、感じやすい粘膜がふるふると収斂して彼の性器に吸着していく。

躰が上下するたび、熱を孕んだ内壁がなやましく収縮し、ぬぷぬぷと音を立てて根元まで挿りこんできたアンドレアの肉身を浅ましいほど喰い締めて放そうとしない。

「ああっ、はぁ、ああっ、んん」

激しい律動。肉塊にまつわりついていた内壁が抜き差しのたびに捲りあげられ、その摩擦熱に躰がはじけそうな快感を覚える。

「好きだ……レオーネ…」

レオーネはうっすらと目を細めた。聞き間違いか、それとも。睫を揺らすレオーネに、アンドレアが低い声で告げる。

「心から……あなたが愛おしい」

その言葉に胸が詰まり、全身が痺れた。どっとこみあげてくるものがあり、レオーネは唇を噛み締め、その背を抱く腕に力をこめた。

実の兄。憎しみだけで生きてきたこの兄から、愛しいという言葉が出てくることなど考えもしなかった。あまりに幸せ過ぎて夢のようだ。

「嬉しい……幸せ過ぎて……怖い」

もし自分という存在がその躰から憎悪を消し去り、代わりに愛というものを植えこむことができたのだとすれば、これほど幸せなことはないだろう。

この男のために悦んでスルタンの捧げ物になり、ベネツィアの街を護る。

そして影ながらこの男の出世を後押しし、いつかこの身を取り戻してくれるその日までずっと幸せでいられると思った。

「もっと……もっと強く抱いて……くれ」

恋しくて愛しくてどうしようもないほど大切な兄、そして生涯ただひとりの恋人。こんな愛しい相手はもう現れないだろう。

尖《とが》った乳首を歯で噛まれ、ずくりと皮膚の下に鈍くて甘美な痛みが奔る。身を仰け反らせ、レオーネはその背を爪で掻いた。

「あ、いい……アンドレア……っ」

甘美な快感に包まれながら、群から離れたつがいの獅子のようにつながっているふたりの夜のことを、レオーネは永遠に胸に刻みこもうと考えていた。

明日、船に乗ったらふたりはこんなふうにできない。アンドレアはトルコの特使に戻り、レオーネは彼がトルコに連れていく献上品となってしまうからだ。

「……あなたをこのまま……海に沈めたい」

ふっと耳に触れるアンドレアの声に背筋がぞくりとした。

「海に？」

見あげると、眉をよせ、アンドレアが告げる。彼はひどく優しい顔をしていた。

「あなたをベネツィアの海に沈めたい。……和平を締結させたら、俺も同じ海に睡りにくる。だからどうか」

そうさせて欲しい。祈りにも似た囁きに、レオーネは微笑した。

「嫌なのか？　私が他の男のものに……なるのが」

彼はなにも答えなかった。だが、その眸のやるせない色に答えがわかった。

「バカなやつ、おまえから献上品にすると言いだして……こんなに感じやすく、こんなに淫らな躰にしておきながら」

声が震えた。流れることのない涙の雫が躰の底に溜まっていく気がした。

「……すまない」

「もう……遅いよ、海に沈めても遅い」

そんなことをすれば……おまえが投獄され、処刑されるだろう。そのことが耐えられないからトルコに行く決意をしたんだよ。……そう言いたかったが、彼があまりにも辛そうにしているので、こちらの気持ちを伝えるのはやめた。

「どうして遅いなんて」

「行く。もう後悔したくないから……おまえとトルコに行く。そして私がおまえを護る。それでいいな」

「レオーネ……だけど」

「アンドレア……そうさせてくれ。私に兄さんを護らせて」

「……っ」

彼の息が止まる。驚いたような、とまどったような表情。

「俺を兄と……認めてくれるのか」

「本当は認めたくない。兄だからではなく……恋人だから護りたい……でも」

レオーネはアンドレアの顔を見つめた。

「兄である事実も大事にする。今日だけ兄として……でも明日から恋しい人としておまえを想う。だからどうかどんなに穢れたとしても……私をとり戻すと誓って。恋人として」

そう言って微笑した瞬間、彼の腕に強く抱きしめられた。

「ああ、恋人として」

切なげに背中をかき抱くアンドレア。目蓋を閉じ、レオーネはその腕にすべてをゆだねた。ぐいぐいと押しあげてくるアンドレアの律動。爛れきった内壁がこれを最後とばかりに、渾身の力で彼の肉塊を締めつける。

もうこれで最後だ。こんなふうに躰を重ねるのもこれが最後。そう思うと、このまま極まりを迎えてしまうのが切ない。もういっそこの蕩けそうなほどの快感のなかであの世に逝ってしまえたらどれほど楽だろう。

「ん……ん……んんっ」

呼吸を吸いこむように唇を塞がれる。荒い息と息。もつれあう舌先。唇をこじ開けて入ってきた舌に根元から搦め捕られる。

「ふ……っん……くぅ」

息苦しさに噎せそうになったそのとき、すぅっと喉の奥になにか流しこまれるのがわかった。静かに、まるで祈るように彼の舌が喉の奥に小さな粒のようなものを押しこむ。

ああ、アンドレアは自分を殺す気なのだとわかった。

——そういうことか。バカなやつ……おまえを死なせたくないから……トルコに行く決意をしたのに。せっかく護ってやろうと思ったのに。

だけど……彼のその気持ちは嬉しかった。他の男に渡したくないから、殺す。いかにも彼らしくて素敵な選択だと思った。

「ん……ん……っ」

それならなにも気づいていないふりをして、このまま殺されてあげよう。この腕のなかで睡り、海に沈められることはとても幸せなことだから。甘美な夢のなかに沈んでいくような、そんな夢をみたまま天国に逝けそうだ。

——待っている、アンドレア。あの世で待っているから。だけど気が変わったら……すぐにこなくてもいい。おまえが、おまえらしい人生を歩むのなら……満足だから。

愛おしいアンドレア。おまえを愛している。今、自分は愛する人間の手で殺され、愛するベネツィアの海に沈められるのだという実感を抱き、幸福感に満たされていた。

本当にこなくてもいいからな。それよりも、できればトルコで幸せに。これまで知らなかった情や愛に包まれた人生を。

大丈夫、待っているから。たとえばおまえが他の人と結婚しても子供ができても、幸せなら、私は大丈夫。あの世からおまえの幸せを祈って、いつかあの世で再会できるときを気長に待っているから。

「ギュルショルズ（じゃあな）……アンドレア」

唇を離した瞬間、レオーネは力を抜いたようにぐったりと彼の腕に身を委ね、意識を失っていた。たえまなく聞こえる波の音が耳のむこうで揺れているのを感じながら。


ゆらゆらと躰が揺れているような感覚が躰から抜けない。一体、自分はここでなにをしているのだろう。

「……っ！」

はっと目を開けると、朝陽が目に飛びこんできた。

同時に耳に飛びこんできたのはカモメの声に、自分がどこでなにをしているのか、すぐに把握できなかった。

——ここはどこだろう。潮の匂い……それに鄙《ひな》びた教会の祭壇の前で、やわらかな布に包まれて睡っていた。アンドレアの上着だ。

わけがわからずレオーネは睫を揺らした。窓の外を見ると、昨夜、暁暗に浮かんでいた元首宮殿とサン・マルコ広場が朝の陽射しを受けてきらきらと煌めいている。

アンドレア————。

レオーネは乱れた衣服のまま、起きあがろうとした。そのとき、小指に嵌められた指輪に気づいた。エメラルドのついた、ふたつの金の指輪。これは謝肉祭のとき、運河に沈めたはずの指輪だ。

なぜこれを彼が……。運河に流れていたのを拾ったのか？

いや、それよりもどうして自分は生きているのか。どうして自分はこんなものを指につけているのだろう。今がいつで、なにが起きたのか。すぐにはわからず、呆然として教会を見回したレオーネは、壁に記された文字に気づき、はっとした。

『ベネツィアを守護する金の獅子へ。私もあなたに恥じない人間になる。その第一歩として必ず平和を勝ちとってくる。憎しみを捨て、ひとりの特使としてスルタンに認めてもらうことに私の真価が問われている。無事に成し遂げたとき、あなたのところに必ず還ってくる。そして今度こそ、あなたに告げる、私の心を。何年かかるかわからないが、何年かのちの謝肉祭の日、またあの広場で再会できることを祈って。あの日、運河で拾ったこれを再びあなたに捧げる』

アンドレアの文字。ただそれだけのことしか書かれていないが、すべてがわかった。

彼は自分を助けたのだ。ひとりでトルコに戻り、スルタンを説得するつもりで。

アンドレア……。

『あなたをベネツィアの海に沈めたい。……和平を締結させたら、俺も同じ海に睡りにくる。だからどうか』

最後に聞いた彼の声。彼が薬を飲ませたので、そのままあの世に逝くものだと思いこんでいたのに。

「バカなやつ…っ…どうしてひとりでトルコに……」

もしかすると処刑されるかもしれないのに。スルタンの前で、何の献上品もなく、これまでのここでの日々を正直に語ったらどうなるのか。

「駄目だ、どうしよう……どうすればいい？　おまえが処刑されないためには……私はなにをすればいいんだ」

眸から大粒の涙を流し、窓に手をかける。

昨夜、ふたりで見た元首宮殿とは反対の方向。さえぎるもののないエメラルドグリーンの大海原には、もうトルコの艦隊の姿は影も形もない。ただカモメが行きかい、目映《まばゆ》い夏の陽射しが波濤を煌めかせているだけ。

「アンドレア……アンドレア……」

レオーネは祈るような気持ちでアンドレアの乗った船が去っていった南の空を見あげた。何の船の姿もない美しい水辺線が涙でにじんでくる。

朝早くに出航したのだろう。船団がむかっている先にあるのは、巨大なオスマン・トルコ帝国。彼は再びこの国に戻ってくるためにむかったのだ。平和のために。

彼は身命を賭して果たすつもりだ。献上品に頼るのではなく、自らの実力によって成し遂げるべく。困難なことだと知りながら、それでもレオーネを犠牲にすまいと覚悟し、ひとり、戻っていったのだ。その彼の深い想い、果てしない情愛……。

——アンドレア……。おまえという奴は……。

彼からの憎しみを受けていたとき、かつて彼に抱いていた尊敬の念や憧れ、情愛といった感情を見失いかけたこともあった。だが今、再びそれが甦り、さらなる愛しさとなってレオーネの心を熱く支配している。だからこそ失いたくない。もう一度、彼をとり戻したい。自分もまた、スルタンへの献上品になるのではなく、己の持つ真の力によって。海軍将校のひとりとして。そう、彼に恥じぬようにあるために。

「そうだ、私もやらないと……」

いてもたってもいられなくなり、レオーネは外に飛びだした。

乱れた服装のままよろめきながらも、裸足《はだし》で石畳を走り、広場を横切って必死に船着き場に走っていった。

自分にできることをしなければ。平和のために、ベネツィアがトルコへの誠意を示すことが彼の命を護ることだ。

彼が密書を持っていくのとほぼ同時に、ベネツィアからも使節を送る。どうすればそのときに最大限の誠意と友情を示せるかを考えるのがこれからの自分の仕事だ。ひとりでトルコへと去っていった、あの愛する男を護るために。

「ゴンドラを、ゴンドラをすぐに出してくれ」

船着き場に行き、レオーネはそこに並んでいるゴンドラのひとつに飛び乗った。ギシッと船が軋み、大きく波間に揺れる。

「どちらへ」

「元首宮殿へむかってくれ」

やらなければ。兄のシルヴィオを支え、和平にむかってどうすればいいのかを考えていく。彼が戻ってくることのできる国にして、彼の還りを待っている。

――だから……アンドレア、おまえもどうか無事で。どうかスルタンに処罰されないように。どうか私のところに還ってきてくれ。

祈るような気持ちでゴンドラに乗り、レオーネはアンドレアの去った海原に背をむけ、ベネツィア本島に戻った。
陽の光を浴び、エメラルドグリーンの海原の上に燦然《さんぜん》とそびえる美しい水の都へ。
もう一度彼と会う日のために。

エピローグ

あれから二年が過ぎようとしていた。アンドレアと再会した謝肉祭のときから。

十六年に及ぶトルコとの戦争が終結したこともあり、ベネツィアの街では例年になく華やかな謝肉祭がひらかれていた。

「レオーネさま、今年こそ女装してください」

ドレスをもってネロが追いかけてくる。彼も十七歳。すっかり凛々しくなった。

「まっぴらだ。女装するくらいなら死んだほうがマシだ」

「待ってくださいよ。叔父さまは、今年は修道女の仮装をされるそうですよ」

「いやだと言ったら、嫌なんだ。私より、ネロ、おまえが女装しろ」

仮面を掴み、ネロからのがれるように館の外に出ていく。

ひげ面の叔父が修道女の仮装をしているのが橋の向こうに見える。白粉の下の青白いひげの剃り跡にぞっとしたレオーネは彼に背をむけ、別の道を進んだ。

にぎやかな花火、仮面をつけた人々。昨年は大雪が降ったが、今年は天気にも恵まれ、トルコとの和平を祝福するかのような、目映いばかりの陽射しが降りそそいでいる。

人々をかきわけ、サン・マルコ広場に行くと、大鐘楼と元首宮殿の間で、着飾った鳩《はと》を飛行させる出し物が行われていた。その傍らでは、火を喰らう男や、ジプシーたちの踊りに人だかりができていた。

エメラルドグリーンの海原には謝肉祭のために訪れた各国の船がずらりと並んでいる。そのなかに、トルコの赤い国旗をつけた船団もあった。二年前は戦争時ということもあり、遠い海原に停泊するしかなかったが、今では友好国として一番近くの波止場を独占している。

早春の太陽が注がれるなか、レオーネは大道芸人たちが集まっている広場に仮面をつけてむかった。

にぎやかな音楽が流れる一座のなかに、目元に傷のある男はいるのか、祈るような気持ちで捜す。昨年はいなかった。けれど今年は絶対にいるはずだ。

――いた……。

色あざやかな仮装に身を包んだ芸人一座の傍らに、ペルシア風の装束をつけ、黒い仮面をつけた長身の用心棒の姿を発見した。ほっと息をつき、口元を綻《ほころ》ばせる。

レオーネは懐から金貨の入った袋をとりだし、座長に手渡した。

「すまないが、その男を私に売ってくれないか」

「一昨年も似たようなことがありました。金髪の貴公子がこの男を気に入って買ってくれたんだ。こいつはどうも男に好かれるようだ。遠慮なく、夜のほうもたっぷり奉仕させてやってください」

「ああ、たっぷりと楽しませてもらうよ」

レオーネは男の腕を掴んだ。

「本当にいいのか、夜の奉仕をしても」

男が口元に笑みを刻み、尋ねてくる。

「……おまえ、一昨年と違って今年は話ができるようになったのか」

「ああ、今年は話ができる用心棒に扮している」

レオーネはくすりと笑った。

「勝手なものだな」

「謝肉祭とはそのようなものだ。一夜のかりそめ、一夜のかりそめの夢のための。それで……どうなんだ、今夜の予定は」

レオーネの肩に手をかけ、耳元で囁きかけてくる。その懐かしい声、吐息のあたたかさに、涙が出そうなほど切なくなった。本当に再会できたのだという実感とともに。

またこの男と過ごせる。今度こそ憎悪も絶望もなく、愛情だけで。その喜びに仮面の下、眸に涙がにじむのを感じながら、レオーネはにこやかに微笑した。

「私の褥は、いつでもおまえのために空けてあるぞ」

「レオーネ……」

「ただし、それにはひとつだけ条件がある」

レオーネの言葉に、アンドレアは仮面の下の目を眇める。

「かりそめの夢のための一夜はごめんだ。私はこれから先も続く夢が見たい。幸せで愛情にあふれた夢。でなければ、私の褥には招待しない」

アンドレアはふっと苦笑すると、人目も気にせずレオーネの頬にくちづけしてきた。

「俺は永遠の夢を見るために戻ってきた。ふたりで過ごすための夢のために」

胸が高鳴る。このままその背に腕をまわして抱きつき、その唇にあますことなく唇を重ねたい衝動とともに。

「では誓いを。私も誓うから、おまえも、この指輪に。二年前、おまえが置いていった指輪だ」

レオーネはアンドレアの手を掴み、それまで己の小指に嵌めていたふたつの指輪のひとつをとり、彼の小指にはめた。目を細め、慈しむようにそれを見つめたあと、アンドレアはそっと指輪にくちづけした。

「二年前、これをあなたが捨てるのを見た。俺との思い出を捨てられるのがイヤでこれを拾った。本当はあのときから俺はあなたを……」

レオーネは満たされた気持ちでその横顔を見あげた。

二年前、トルコに戻ったアンドレアはベネツィアでの失態によって投獄された。しかしその後、こちらが送りこんだ大使との話しあいにより、アンドレアが和平のために努力した功績をスルタンが認めることとなり、牢獄から出された。

それから二年、めまぐるしくベネツィアとトルコとの間を使節が行きかい、何度も条件をだしあいながら、両国は正式な和平条約を締結させるに至った。アンドレアはそのために身を惜しまず協力し、スルタンからの確かな信頼を勝ちとっていったのだ。

そして今年になり、トルコのスルタンから封書が届いた。

デニズ・アイ・パシャことアンドレア・ステファノを駐ベネツィアの大使に任じた。謝肉祭のあと、彼はその地で大使としての任につくことになる――と。

「それにしても……おまえが大使になるなんて」

「ええ。そしてあなたがこの国の官房長官になられているとは」

それぞれが社会的立場のある地位についている以上、ふたりが恋人としての時間をゆっくり持つのは難しいだろう。政治的にも時間的にも。それでもこれからふたりはベネツィアで生きていく。もう遠く離れなくていい。

「レオーネ、肩と腕は平気か」

「ああ。優秀な医師のところで治療を重ねたおかげで、何とか元通りに」

「では、今夜、俺が奉仕したあと、明日、久しぶりに剣の試合をしてくれるか」

「おまえの奉仕次第かな」

冗談めかして言うと、アンドレアはレオーネのあごに手をかけ、じっと目を見つめてきた。闇色の双眸。もうそこに淋しさはない。あるのはただ澄んだ光だけだ。

「二年前に言えなかった言葉を、今夜あなたに告げたい」

愛しげに唇をよせられ、そっと唇に彼の唇が触れる。ああ、本当に彼が戻ってきたのだという実感に、どうしようもないほどの愛しさがこみあげてきた。

「アンドレア、私は今夜と言わず今すぐ聞きたい。駄目か？」

一瞬、彼が目を眇める。だがふっと微笑し、レオーネの肩に手をかけてきた。

「では今からあなたの褥に行く。そして聞いてくれ。あなたへの想いを」

水の都の、一年に一度の狂乱の夜が訪れようとしていた。ふたりは広場に背をむけ、ベネツィアの路地の闇のなかに姿を消した。

ふたりはもう六年前の海に還ることはない。主従としてふたりだけでいられた六年前の美しい黎明《れいめい》の海には。二年前に還ることもない。兄弟でありながら、憎悪をぶつけられることしかなくて切なく、苦しい海にも。

これから先、どのような海が待っているのかわからない。ただそれはこれまで見たどの海よりも美しく幸せなものだとレオーネは確信していた。

それを証明するかのように、明け方、レオーネの寝室の窓の下の運河で、ふたつの仮面と小さな指輪が揺れていた。

朝陽がそれをきらきらと煌めかせている。新たな誓いを立て、過去を振り切ったふたりの想いを証明するように。

そして美しいエメラルドグリーンの波間をゆったりとたゆたったあと、それは静かに沈んでいった。

あとがき

こんにちは。今回はこの本をお手にとって頂き、どうもありがとうございます。

今回のテーマは「主従関係＋下克上」です。舞台はイタリアの水の都ベネツィア。男前な性格の海軍将校と、敵国トルコの人間となった元従者との愛憎モチーフに、すれ違い、復讐、血の秘密に加え、ちょっとした国家騒動などを交えて書いてみました。

一応時代ものですが、一冊ということで、とにかく「主役ふたりの恋愛と関係性」を前面に押し出し、ドロドロとした愛憎にまみれながら、ふたりがぶつかり合う感じを中心にすえてみました。そのほうが萌えますしね（笑）。最終的にその甲斐もあり（？）、時代＋外国ものの難しそうな雰囲気が減り、わかりやすい感じの「下克上＋愛憎」メインの話になったのではないかと思っています。皆様にはいかがだったでしょうか？

時代は十五世紀後半をイメージしていますが、担当様と話しあい、歴史もの（私では未熟ゆえ）というより歴史活劇風味を目標に、あえて年は書かず、スルタンの名も記さず、元首も架空の人、フォスカリ家も正しい家系に出る人物ではなく、むこうの絵本で見かけたような『フォスカリにこんな人がいたかも』ぽい架空の人物を作りました。イスタンブルを旧名コンスタンティノープルと表記したのは、最近の書籍や海外の文献に二十世紀初頭まで旧名で呼ばれていたと記されていたからです。一方で、イスラムの町としてイスタンブルと呼んでいた民族もいて、どうしようか悩みました。他にも資料によって違いが出てきたところがあり……。それぞれ比較してどうするか決めましたが、なかなか大変でしたね。また今回は取材旅行にも行きました。ベネツィアからクロアチアのアドリア海沿岸を彷徨う感じで。ベネツィアは何度か行ってますが、今回は明確に取材目的だったので、軍人や歴史中心の博物館や歴史の古い地区を巡り、いつもと視線を変えて路地裏等を歩いてみました。そのあたりの努力が臨場感となって出ていればいいのですが。

高階佑先生には、最高に素敵な絵をありがとうございました。衣装ものをお願いすることになって心苦しいながらもとても楽しみにしていたのですが、麗しくもかっこいいレオーネ、ミステリアスで男前なアンドレアに至極の幸せを感じておりました。それに加え、建物、衣装等、一度挑戦したかったこの時代の話を高階先生とご一緒できましたことに心から喜びを感じております。そして、このような素敵な機会を下さいました担当F様にも心からの感謝の思いをお送りします。どうもありがとうございます。また編集部、校正さん他、この本の制作に関わって下さったすべての方に心からの御礼を。

お読みになられました皆様には、何かしら楽しんで頂けましたら、これに勝る嬉しいことはありません。よかったら感想等お聞かせ下さいね。今後歴史ものを書くかどうかはわかりませんが、こういう話も気にいって頂けたら大変幸せです。

服装を描くのが難しかったけど、
それ以上にとっても楽しかったです。
好きです！時代物！
マントなどもっと描きたくなりました。
素敵なお話で、イラスト描かせて
いただきありがとうございました。
華藤先生、担当様、
大変お世話になりました。
読者のみなさま、愛してます。ありがとうございます。高階佑

KAIOHSHA ガッシュ文庫

うたかたの愛は、海の彼方へ
（書き下ろし）

うたかたの愛は、海の彼方へ
2010年8月10日初版第一刷発行

著　者■華藤えれな
発行人■角谷　治
発行所■株式会社 海王社
〒102-8405
東京都千代田区一番町29-6
TEL.03(3222)5119(編集部)
TEL.03(3222)3744(出版営業部)
www.kaiohsha.com
印　刷■図書印刷株式会社
ISBN978-4-7964-0064-0

華藤えれな先生・高階佑先生へのご感想・ファンレターは
〒102-8405 東京都千代田区一番町29-6
(株)海王社 ガッシュ文庫編集部気付でお送り下さい。